Gen Urobuchi
虛淵玄
(Nitroplus)
Fate Zero
英靈齊聚
Illustration
武內崇・TYPE-MOON

Cover Illustration/ Takashi Takeuchi (TYPE-MOON)
Coloring/ Shimokoshi (TYPE-MOON)
ACT Illustrations/ Shimokoshi (TYPE-MOON)
Logo design/ yoshiyuki (Nitroplus)
Design/ Veia
Font Direction/ Shinichi Konno (TOPPAN printing Co., Ltd)

In the battleground, there is no place for hope. What lies there is just cold despair and a sin called victory, built on the pain of the defeated.

The world as is, the human nature as always, it is impossible to eliminate the battles. In the end, killing is necessary evil-and if so, it is best to end them in the best efficiency and at the least cost, least time. Call it not foul nor nasty. Justice cannot save the world. It is useless.

衛宮切嗣
艾因茲柏恩家所雇用的「魔術師殺手」

言峰綺禮
獵殺異端的聖堂教會代行者

遠坂時臣
魔術師望族遠坂家現任家主，以到達「根源」為畢生夙願

間桐雁夜
放棄家主繼承權而逃離間桐家的男人

愛莉斯菲爾·馮·艾因茲柏恩（Irisviel von Einzbern）
艾因茲柏恩家煉製的人造人，切嗣的髮妻

韋伯·費爾維特（Waver Velvet）
隸屬於「時鐘塔」的見習魔術師，奪取導師的聖遺物挑戰聖杯戰爭

肯尼斯·艾梅羅伊·亞奇波特（Kayneth El-Melloi Archibald）
隸屬於「時鐘塔」的菁英魔術師，韋伯的導師

雨生龍之介
個性純真的享樂殺人魔

Saber
騎士王。真實身分是亞瑟·潘德拉剛（Arthur Pendragon）

Archer
英雄王。人類史上最古老的英靈·基爾加梅修（Gilgamesh）在現實世界降臨的形體

Rider
征服王。在古代世界獨霸一方，古馬其頓王國的
伊斯坎達爾王（Iskandar），期望能目睹「世界盡頭之海」（Okeanos）

Assassin
傳說中暗殺者的始祖，山中老人哈桑·薩巴哈（Hassan Saggah）的英靈

Caster
自稱為「藍鬍子」的英靈，也就是英法百年戰爭中的法國元帥、
神聖惡魔吉爾·德·雷（Gilles de Rais）伯爵。

Lancer
塞爾特神話的英靈迪爾穆德·奧·德利暗（Diarmuid Ua Duibhne），
槍法精妙絕倫的頂尖武者。

Berserker
「狂暴化」的神祕英靈。

ACT.3

-162:26:29

冬木市新都——

假日午後，人潮洶湧。來往交錯的眾多行人被北風吹得縮起身子，彼此對擦肩而過的其他人看也不看一眼。衛宮切嗣就這樣如同隱形人般，默默地混在人群中踽踽獨行。

陳舊的襯衫與外套、兩手空空的輕便打扮，讓人一點都看不出來他是來自外地的人。事實上，他是在入境後直接來到冬木市的新都。雖然已經久未歸國，但是日本畢竟是他出生的國家，比其他國家更容易融入人群之中。

切嗣低頭看著剛才隨意在自動販賣機買的香菸紙盒，心中五味雜陳。

他已經戒菸九年了。除了因為在遙遠異鄉的艾因茲柏恩買不到自己抽習慣的香菸，更主要的原因是為了母女倆的健康著想。可是為了做好心理準備，迎接即將正式開始的戰爭，他在一腳踏上冬木車站月臺的時候，還是依照久遠之前的習慣在自動販賣機前投入硬幣。

切嗣打起精神，在路邊經過的便利商店裡買了拋棄式打火機之後，撕開香菸紙包的封口。整齊排列的白色香菸濾嘴讓他感到目眩神馳。

他口中叼起一根菸，點起火。一連串的動作熟練俐落，一點都不像是將近十年沒有抽菸的人。吸進肺裡的芳香麻痺感是一種熟悉的氣味，好像昨天才品嘗過。

「……」

切嗣確實感覺自己的心境正在逐漸轉變。他一邊再次環顧熙來攘往的街景，仔細檢視。

他曾經在三年前隱藏身分，祕密來到冬木市探查，但是新都和那時候比起來已經完全變了個樣。雖然這早在他的預料之內，但是變化的程度卻超出他的想像。看來有必要再重新詳細調查周邊的地理狀況。

雖然街區的改變讓切嗣折騰了一會兒，但他還是到達他要找的旅館。

旅館大廳與櫃檯的擺設十分整齊，但是這裡只是比商務旅館略好一點的便宜旅宿。這種旅館的客人從夫妻親子到外遇者都有，客層廣泛，相當適合做為隱身之處。

切嗣裝作對這裡很熟悉的樣子，直接走過大廳，坐電梯到七樓。他忠心的部下應該在三天前就已經住進七〇三號房了。

如果以魔術師世界的說法來形容的話，他與久宇舞彌的關係或許就相當於「師徒」吧。

但是切嗣修習魔術不是為了探求知識，只是把魔術當作一種手段。對他來說，他從不認為雙方有師徒關係。他只是把自己知道的所有「戰鬥手段」全數傳授給舞彌，而且這也只是為了讓舞彌本身成為這種「手段」的一部分而已。當時他還不知道聖杯的存在，還在為了不可能實現的理想不斷重複絕望的戰鬥。

所以他與舞彌的關係比愛莉斯菲爾還要更久。一直與切嗣並肩作戰的舞彌甚至知道切嗣從來沒有給妻子看過的最血腥的一面。

切嗣依照約定好的節拍輕叩七〇三號房的房門之後，房內的人立刻打開房門，好像早就等候已久。兩人之間沒有多餘的寒暄，僅僅彼此交換眼神便結束這重逢的一刻。切嗣不發一語地走進房內，關上房門。

切嗣和舞彌分開並沒有很久，即使在他退居第二線之後，舞彌仍然依照他的指示，在外地四處奔走，為聖杯戰爭做準備。切嗣也好幾次為了商討事情請她到艾因茲柏恩城來。

舞彌雖然是一位肌膚白皙、相貌端正的美人，但是她不但不抹眼影，就連口紅也不擦，完全不施任何脂粉。那雙修長的雙眼總是因為警戒心而露出銳利的目光，使她更添冷漠的印象。有很多男性的目光曾經被她如同絲絹般細緻的黑色直髮吸引，但是只要被那雙冰冷又鋒利的眼光瞥上一眼，無論任何花花公子肯定都會放棄對她搭訕的念頭。

切嗣與舞彌的關係前後已經超過十年，雖然剛認識時她還只是少女，但是褪去年幼的外貌之後，她那與生俱來如同刀鋒一般犀利俐落的印象顯得更加鮮明。一般人要是與這種冰山美人為伴，大多會因為精神緊張而覺得疲勞，但是切嗣卻完全相反。舞彌是一位凡事講究實事求是的女性，有時候能夠做出比切嗣更確實、更冷酷的判斷。即使在她身邊，切嗣也不會以自己的卑劣為恥、不會憎恨自己的冷酷。這也算是一種心靈上的安寧吧。

「昨天晚上遠坂家有動靜了。」

舞彌開口第一句話就切入正題。

「畫面已經記錄下來，請你確認。另外，所有裝備用品都已經到了。」

「知道了，先了解狀況吧。」

舞彌點頭，把一臺連在房內配備的電視機上的解碼器打開。

切嗣傳授的諸多魔術當中，舞彌特別在操縱低級使魔方面展現出優秀的才華，因此切嗣常常指派她擔任斥候或是偵查的任務。這次早在他入境日本之前，就已經命令舞彌監視遠坂家以及間桐家。

舞彌最擅長操縱的使魔是蝙蝠，但是她操縱的蝙蝠與一般魔術師不同，在腹部上掛著超小型的ＣＣＤ攝影機。這當然是切嗣的主意，魔術師的幻術以及結界迷彩多是利用暗示欺騙觀察者的視覺，這些魔術師往往對電子儀器疏於防範。錄影畫面有利於事後檢證，雖然照相機使得使魔動作遲緩，但扣除這項缺點，使魔和攝影機併用還是能發揮很好的效果。

在十三吋螢幕中顯示出昨晚在遠坂邸發生的一切。雖然影像不甚清楚，但是已經足以確認發生了什麼事。切嗣面不改色地看著面戴骷髏面具的從靈在毫無反抗能力的狀況下，遭受黃金從靈的蹂躪而消滅。

被殺的從靈臉上戴著白色面具，那正是Assassin職別的象徵。

「妳怎麼看這件事？」

「我認為這一切發生得太順利。」

舞彌馬上回答切嗣的問題。

「從Assassin現出實體到遠坂的從靈展開攻擊，前後時間的間隔太短，就像是事前準備好，等著對方上門一樣。如果一開始就察覺到有人化為靈體入侵的話，或許還能解釋。但是我不認為擁有隱蔽氣息技能的Assassin會這麼容易被人發現……我認為遠坂可能早就已經知道會有入侵者襲擊。」

切嗣頷首。不愧是自己一手教導出來的人，舞彌分析出來的結果和切嗣相同。

「這麼一想，我就越來越覺得這段畫面莫名其妙。如果遠坂有餘力能夠進行埋伏，為什麼還白白讓其他人看到自己的從靈。」

遠坂家歷經過第二次、第三次聖杯爭奪的歷史。遠坂家的召主理應對聖杯戰爭的理論知之甚詳。不可能不知道己方陣地的遠坂宅邸已經受到其他召主的監視。

但遠坂時臣明知如此，還是輕易讓從靈在庭院裡現身。依照一般的想法來看，這種做法簡直愚不可及。

聖杯戰爭就是過去名動天下的諸位英靈彼此決鬥。然而在許多英雄故事當中，還包括了關於該位英雄的戰術模式，或是長處與缺點等情報。換句話說，英靈們的底細或是弱點，等於一開始就是攤在陽光下的。

因此在從靈戰當中，隱藏英靈的真實身分變成一項鐵則。所有英靈都以職別名，而不是以真名稱呼的原因也是考慮到這一點。

遠坂昨天晚上主動把英靈的外貌與疑似是寶具的攻擊方法等兩點線索，透露給其他召主知道。雖然這兩條線索還不至於讓從靈的真名曝光，但這點風險應該能夠輕易避免才對。只要將Assassin引到宅邸內再下手的話，根本不會讓任何人看見。

「原本可以不被他人看見的事情卻不加隱瞞。也就是說，他是不是一開始就有意讓別人看見？」

對於舞彌點出的意見，切嗣又點點頭。

「應該是這樣沒錯。做這種事究竟對誰有利？只要想到這一點，答案自然就會浮現出來……舞彌，Assassin 的召主情況如何？」

「他昨晚到教會避難，監督者已經宣布將他納入保護之下。聽說是一個叫做言峰綺禮的男人。」

一聽見這個名字，切嗣的眼神中浮現出冷冽的殺意。

「舞彌，派遣使魔到冬木教會，先派一隻就好了。」

「……這樣好嗎？召主應該是禁止干涉教會的不可侵犯地帶。」

「讓使魔在不被監督神父發覺的最近距離來回晃晃。不必花費心力控制，只要有空的時候操弄兩下就好，事實上妳什麼都不用做。」

舞彌的秀眉微蹙，切嗣的指示讓她感到不解。

「難道不是要監視教會嗎？」

「只要『假裝在監視』就可以了。要注意藏好使魔，千萬不要被看破手腳。」

「……是，我知道了。」

雖然不了解切嗣的意圖，不過舞彌對他沒有任何質疑。她馬上對此時還守在遠坂家的三隻蝙蝠其中一隻傳送思念波，命牠飛往新都郊外的冬木教會。

切嗣關掉電視機，接著開始檢查舞彌所準備的裝備品。

許多物品整齊排列在床單上，等著切嗣檢查。這些裝備沒有一件與魔術師有關。沒有短劍或是杯子等祭具；也沒有護符、仙草或是靈石之類的法器。放在床上的物品每一件都是精挑細選的最新型高科技產品。除此之外，這些物品全都只不過是普通的一般武器。沒有任何一件武器帶有魔力。

這正是人稱「魔術師殺手」的異端魔術師——衛宮切嗣特有的作風。

魔術師這種人最大的弱點大多是因為傲慢心態而造成的粗心大意。他們深信自己身處於人智與神祕之間。也深以為除了神靈之外，只有同為魔術師的人能夠威脅自己。所以魔術師在戰鬥中對魔術的氣息變得極其敏感。無論敵人想使用什麼魔術都必須在對方使出之前察覺，因此他們認為感應魔力的能力以及滴水不漏的抗魔術對策才是致勝的關鍵——這對所有魔術師來說都是牢不可破的戰鬥原則。

這種想法導致魔術師輕視不依賴魔術的純物理性攻擊，把它們當作次等威脅。無論是再鋒利的刀刃或是火力再強的槍砲，只要沒有打進自己的身體都不足以畏懼。然而在那之前，魔術的力量就會利用幻術、麻痺或是防護結界等方式，將那些低俗的攻擊手段全數瓦解。

但是這些魔術師太小看所謂的科學技術了。多數魔術師都不了解人類不靠魔術的力量可以辦到多少事情。

敵人無法預料的攻擊才是所有戰鬥中致勝的捷徑。切嗣歷經與許多魔術師激戰之後，得到一套公式——魔術師面對不依靠魔術的攻擊時更容易露出破綻。

把冬木的聖杯戰爭套用在這個公式當中求得的解答，就是舞彌準備的這一整套裝備品。其中最吸引人目光的就是橫躺在床單中央，一挺散發出槍油氣味的步槍。那是集合匠工巧技與最新電子技術，以最凶猛的型態結合而成的藝術品。

步槍的主體是 Walther WA2000 半自動狙擊槍。雖然全長只有九〇公分左右，以步槍來說算是比較袖珍的尺寸，但是由於槍身採用 Bullpup 犢牛式構造，將彈匣以及槍膛配置在槍把後方，因此實際上槍身長度將近有六五公分長。使用點 300 Winchester 麥格農彈，有效射程達到一千公尺以上。是現在世界上最高級，同時也是性能最好的步槍。因為槍枝本身要價高達一萬二千美元，因此僅僅生產了一五四挺，而在切嗣眼前的就是其中一挺這種夢幻步槍。

為了取代原本標準規格配備的 Schmidt & Bender 公司製瞄準鏡，切嗣特別訂購能夠同時裝設兩支瞄準裝置的特製瞄準器底座，在槍身正上方以及左側斜面並列架設了大型光學瞄準鏡。

兩支瞄準鏡中最主要的是美軍最新銳的設備 AN/PVS04 夜視瞄準鏡。這種瞄準鏡就像是超高感度的攝錄影機，利用電子儀器強化射入物鏡的少許光線，大幅提高畫面亮度。在月光下能夠用三・六倍的倍率看到六百碼外的視野，即使只有零星的星光也能看到四百碼遠，堪稱是「電子鷹眼」。這種美軍的最新裝備為了防範技術洩漏，本來是禁止輸出給外國的。

另外裝設在一旁做為輔助的是Specter IR熱感應瞄準器。這也是為了在夜晚保持視野清晰的電子裝置，只不過這個裝置不是增加亮度，而是捕捉被視物體的熱影像，顯現在畫面上。能夠以一點八倍的倍率探測前方二百公尺從攝氏零下五度到六〇度之間的溫度變化。

切嗣已經發現啟動魔術迴路會讓施術者的體溫產生變化，經過長久的研究以及鍛練之後，現在他已經能夠從熱影像的熱分布圖解讀魔術迴路的狀態。不僅可以分辨常人與魔術師，甚至能夠看穿魔術師釋放魔力之後的破綻。切嗣特地裝設兩具沉重又占體積的夜視鏡不只是為了夜間戰鬥，同時也是考慮到對抗魔術師的戰鬥才如此配置的。

雖然因為日新月異的技術革新，夜視瞄準鏡本身的體積年年越來越小，但是尺寸還是大如寶特瓶，比一般的光學瞄準器還要大上許多。在設計尺寸比較小的槍枝上卻架了兩支巨大的瞄準器，模樣看起來實在極不搭配，甚至還有些笨拙。算上槍枝本身的重量，整體總重量超過十公斤，早就已經不像一般的狙擊槍，根本可以算是一種班用支援武器了。就算是重裝備，重到這種地步的話也會影響實用性，可是切嗣還是認為這樣搭配是最好的選擇。

這挺夜視狙擊槍的性能確實比不上魔術。只要使用魔術的話，可以更加清楚透視黑暗，捕捉敵方魔術師的位置。但是切嗣利用這挺狙擊槍，能夠在不散發出一絲魔力的情況下從遠距離狙殺敵人。

敵人從感覺不到任何魔力的黑暗彼端幾百公尺遠之外進行攻擊——對職業軍人來說，這種可能性算不上是什麼奇怪的事情，可是有很多魔術師在這方面的經驗與一般平民百姓無異。雖然魔術師涉足超越人智的神祕世界，但是他們鮮少知道自己實際上被侷限在一個狹小世界的刻板觀念之中。

切嗣從床上把超重量級的狙擊設備抱起來，檢查槍栓的滑動流暢度以及扳機的鬆緊程度，確認槍枝是在最佳狀態之下。

「我已經把準心歸零在射程五百公尺，需要確認一下嗎？」

「不，沒關係。」

如果可以的話，切嗣不只要確認瞄準狀況，他還想進行試射以掌握射擊的感覺。不巧的是日本是法治國家，想要試射槍枝可不是一件容易的事情。聖杯戰爭已經揭開了序幕，說不定今天晚上就需要用到這支槍，不過他完全相信舞彌的工作能力。

除了 Walther 狙擊槍之外，還有一挺步槍。那是為了讓舞彌在前哨進行斥候任務時使用的 Steyr AUG 突擊步槍。這挺步槍也和切嗣使用的狙擊槍相同，已經換成夜視瞄準器。不過除了瞄準器之外，其他都是標準規格配備，所以重量不到五公斤。

另外兩人還準備了兩支 Calico M950 衝鋒槍當作隨身備用武器。與大型手槍相去不遠的小型尺寸以及處處可見利用強化塑膠的外表，讓這支槍與 Walther 狙擊槍相比之下就好像是玩具槍一樣。但是這種槍能夠在稱為 Helical 式的特殊螺旋型彈匣中裝填五十發 9mm 軍用彈，射速每分鐘七百發，是一種非常凶猛的武器。

其他還有對人手榴彈、震撼彈、煙霧筒，還有一整包C４塑膠炸彈。舞彌依照切嗣在北方遙遠之地發出的指示，把所有裝備品全部一一蒐集齊全——可是在切嗣冷漠無表情的眼神中還看不到滿意的神色。

「之前交給妳的東西在哪裡？」

「……在這邊。」

舞彌從衣櫃深處小心翼翼地捧出一個紫檀木盒。原本就不苟言笑的美貌此時因為心中的敬畏，看起來好像更加嚴肅。

切嗣接過舞彌遞出的盒子，放在床邊的桌子上，用熟練的手法打開盒釦與盒蓋。放在床上的諸多武器全部都是為了今天這個日子所新準備的。這些利用艾因茲柏恩的龐大財力所蒐集到的武器，確實都是極為高價又貴重的最新型裝備，但是只要有足夠的資金以及適當的管道就可以輕易弄到手，並沒有什麼特別之處。

長達一四英寸的槍身讓人聯想到一柄收在皮鞘中的短劍。如果要說哪個零件像手槍，那就只有扳機以及擊槌而已了。外觀極為簡樸，既沒有轉輪也沒有槍栓，與中世紀末期的擊發式手槍很類似。

Contender實際上是單發手槍，在中折式的槍膛中只能裝填一發子彈。這種槍本來是射擊競技中使用的運動用槍，切嗣用的這把槍是換過槍身的獵槍式樣，能夠使用狩獵用步槍的大口徑子彈。不只如此，為了使用「魔彈」，他還在膛線以及撞針用魔術做過處理。

這支槍使用的是點30-06 Springfield彈。瓶頸狀構造的步槍子彈在大小尺寸與威力上本來就不是手槍子彈能比得上的。比起大型軍用步槍的點308 Winchester子彈，點30-06的威力還高出一成左右，甚至還凌駕於Hand Canon等級的麥格農彈。以隨身攜帶的手槍來說，這種子彈的火力可說是過於強大了。

但是這支槍真正的可怕之處，不是在於火藥與彈頭所產生的物理性破壞力。

木盒中有一套與槍枝擺在一起的專用子彈——現在還剩下十二發子彈在鉛製的彈頭芯裡封著切嗣從自己骨頭上取出的骨粉。當這枚『魔彈』帶著切嗣的魔力擊發出去的時候，就會將魔術師切嗣的「起源」打進對方體內，簡單說來就是一種擬似概念武裝。

魔術師對魔術太過執著就會忽略科學技術……這種說法畢竟只是一種傾向，換句話說就只是一般性理論而已。或許世界上大多數魔術師的確都會被夜視裝置或是熱感應瞄準鏡之類的手段打破罩門而落敗。可是有些例外無法用一般的經驗或是法則忖度，對普通魔術師適用的一般性理論要是遇上更加詭奇的魔術師就會失去效用。切嗣把這種對手稱為「強敵」。

如果遇上謀略無法打倒的「強敵」——這時候切嗣只能以一名魔術師的身分，利用他習得的所有祕術加以對抗。屆時這支Contender將會成為切嗣唯一，也是最強而有力的獠牙。

切嗣讓心中的時間倒流，一邊從盒內取出Contender。過去吸了切嗣無數手汗的胡桃木槍柄，和他的掌心與手指緊緊密合，即使過了九年的空白時間，握起來仍然非常稱手。

這種一體感讓人分不清究竟是手掌握著槍柄，還是槍柄讓手掌握著。只要手指輕輕出力，整支槍感覺就和手骨融合在一起，彷彿成為手腕延長的一部分。

他用食指一勾扳機護弓下的勾鐵，解開槍膛鎖，往前放倒槍身。將一發同樣從盒子中取出的魔彈裝入打開的槍膛內，接著手腕一翻，讓槍身彈起關閉槍膛。

如此一來，槍枝本身加上子彈的重量總共是二〇六〇公克，這是切嗣右手最習慣的手感。

切嗣對這支凶器的觸感是這麼地熟悉，一點都沒有久未接觸的感覺。他的胸口中湧起一陣酸苦。

自己的雙手究竟是否同樣也能夠如此清楚地回憶起妻女的感觸呢？

她們柔滑的臉頰、纖細的手指。切嗣到底還記得多少？

切嗣用左手從盒中取出另一發子彈，實際演練一次自己雙手已經熟稔的填彈程序。

打開槍膛、用指尖勾住彈殼底部的凸緣，把子彈抽出來。反手將第二發子彈裝進槍膛後立刻彈起槍身，關閉槍膛。

所需時間將近兩秒，雜念讓手指的俐落度變得遲鈍。

「……真是退步了。」

「是的。」

舞彌毫不客氣地同意，回應切嗣自嘲的低語。她很清楚自己的搭檔從前有多少能耐。

切嗣從槍膛取出子彈，也拾起彈落在地上的另一發彈藥。將兩發子彈與Contender 再次放回盒中。

「伊莉雅的體重比那支 Walther 還輕，她都已經快要八歲了……」

切嗣喃喃自語，吐出心中的苦悶之意，他的意志力已經完全鬆懈下來了。舞彌從背後繞到他面前，踏進他的懷中。一連串動作讓切嗣完全來不及反應。

舞彌迅速伸出的兩隻手臂有如長蛇般纏上切嗣的脖子，扣住他的後腦杓。柔軟而乾燥的雙唇封住他動彈不得的嘴唇。

切嗣感受到一陣女性氣味與觸感，與那道緊緊揪住自己胸口的身影類似，卻又不一樣。這種行為的效果十分顯著，無情地斬斷男子心中的鄉愁。

「……現在你只要把注意力放在必要的事情上。請不要去想其他多餘的事。」

舞彌嘶啞的聲音中還帶有撩人舌尖動作的餘韻，輕聲細語地警告切嗣。

「……」

切嗣無言，他感到心中的情感逐漸冷卻。在他冰冷的心中，痛楚已經既遙遠又模糊。舞彌就是這樣的女人。把以前在戰場上撿到的少女教導成這種女性的人不是別人，正是切嗣自己。

讓衛宮切嗣這部機器運作更加機械化的輔助器具，這就是久宇舞彌。切嗣要打贏這場戰爭所需要的最後一項武器……正是這個女人。

-162:27:03

正當衛宮切嗣與久宇舞彌在新都的便宜旅館會面的時候，距離冬木市最近的F機場，有一架沃拉雷・義大利航空公司由德國起飛的包機降落在跑道上。

雖然同樣都是冬天的寒氣，但是日本的寒冷完全比不上艾因茲柏恩城的嚴寒。愛莉斯菲爾・馮・艾因茲柏恩抬頭仰望午後柔和的陽光，覺得心情變得輕快許多。

「這裡就是切嗣出生的國家……」

真是一個美好的地方。雖然愛莉斯菲爾已經從照片或其他方式已經得到一些日本相關的知識，不過親身感受到的空氣還是讓她深有感觸。

輕快的不只是心情而已。她假扮成旅客前來日本，身上穿的不是平常在城中所穿的禮服。她盡可能準備了符合一般市井生活的外出服裝。只是換上平底長靴和膝上短裙的輕便裝扮，就讓她覺得動作輕巧，好像整個人都煥然一新。

話雖如此，艾因茲柏恩家長久過著隱居生活，已經遺忘外面世界的種種常識。他們所認知的「平民服飾」早就已經和平民大大地脫節了。絲質襯衫、膝上長靴、飾以雪狐皮毛的輕便外套，無論哪一件服裝都是只能在高級服飾店的櫥窗裡才能看到的精品，一看就知道質料與款式都不同凡響。如果沒有時裝模特兒的身段，根本沒辦法作這身打扮。但是愛莉斯菲爾天生具有高雅的氣質，加上後天培育的良好教養，這些衣服穿在她身上簡直再適合不過。反而更能襯托出她柔滑如流水般的銀色長髮與姣好的容貌。

別看她穿得一身華麗，其實愛莉斯菲爾已經在艾因茲柏恩家的基準範圍內，盡量注意自己在市街上的偽裝。但是像她這樣出眾的美女想要完全融入人群中終究還是不可能的。

「怎麼樣，Saber？妳對這趟空中旅行的感想如何？」

愛莉斯菲爾先一步踏上跑道，對著跟在她身後步下舷梯，身材嬌小的從靈問道。

「我沒有什麼特別的感想，坐飛機並沒有想像中那麼有趣。」

Saber說的應該是實話，她那雙翡翠色的眼眸還是一樣平靜無波。

「真是可惜，我還以為妳會覺得驚訝又感動呢。」

「……愛莉斯菲爾，妳該不會把我當成什麼原始人之類看待吧。」

Saber不滿地皺起眉頭。愛莉斯菲爾對她露出天真的微笑，不好意思地說道：

「該不會只要成為英靈，連在天空飛都不算什麼難事了吧？」

「也不是這樣。可是我以從靈的身分現世，已經獲得關於現代的知識……再說我的職別是Saber，具備騎乘技能。如果有什麼萬一的話，我也能夠駕馭這臺叫做飛機的機械。」

聽Saber若無其事地說道，愛莉斯菲爾驚訝地睜大雙眼。

「妳知道怎麼操縱嗎？」

「應該沒問題。因為我的騎乘技適用於所有『坐騎』概念。只要跨上鞍，握住韁繩的話，接下來只要靠直覺就能夠應付了。」

Saber的表現方式讓愛莉斯菲爾忍不住笑了出來。Saber並沒有看到飛機駕駛艙是什麼樣子，當她坐上沒有馬鞍與韁繩，只有一大堆儀表的駕駛座時，不知道會做何感想呢？

不過Saber對於技能的說明應該所言非虛。Saber職別的騎乘技能號稱能夠操縱除了幻獸、神獸以外的所有騎乘物。必要的話，想必她一定可以使用汽車或是機車等文明利器。

「但我還是覺得有一點遺憾呢，因為妳可能是唯一一個親身坐過飛機的從靈吧。」

「……這一點我覺得很抱歉，都是因為我太沒用了。」

「啊，沒關係——妳不必在意，我不是那個意思。」

外來的召主們當然必須依靠某些方式來到日本。但是像愛莉斯菲爾這樣與從靈兩人假扮成旅客，一起乘坐客機卻是很特別的案例。

原因在於Saber。她雖然是英靈，卻有一些其他從靈沒有的限制。其中影響最深的就是她無法化為靈體。從靈可以解除實體高速移動，或是在休息時化為靈體以降低召主的魔力消耗等等。但是Saber卻沒有這些一般從靈都應該具備的基本能力。這並不是切嗣的契約或是召喚方式有什麼不妥當之處，好像是因為英雄阿爾特利亞的魂魄成為從靈的條件與其他英靈不同……愛莉斯菲爾自己也不太清楚詳細情況。

最麻煩的問題是Saber無法隱形躲過眾人的耳目，隱藏自身的存在。總不能穿著現世時的鎧甲在外面走動，只好讓她打扮成人類的模樣，穿上現代服裝與愛莉斯菲爾同行。

——但是，如果只談到服裝打扮的話，愛莉斯菲爾反倒很中意Saber這項限制條件。

「能夠和Saber兩個人一起旅行，我覺得非常高興。因為再怎麼看妳都覺得看不膩嘛。」

「……?愛莉斯菲爾，有什麼奇怪的嗎?」

「沒什麼事，別在意。」

愛莉斯菲爾轉過頭去，不讓Saber看見自己笑開了的表情。看到她這樣子，

Saber越來越覺得可疑，瞇起眼睛說道：

「……每次當妳這樣笑的時候，就代表一定有什麼含意。希望妳能老實告訴我是什麼事。」

「我在想，妳不能靈體化也不完全是一件壞事。多虧妳不能變成靈體，才讓我享受到幫妳挑選衣服的樂趣。」

「……」

Saber嘆了一口氣，好像在說「妳還真是悠哉」。不能化為靈體的限制是一種嚴重的缺陷，原本就算被召主當頭臭罵一頓也不足為奇。有人喜歡這一點缺陷已經不是Saber所願，現在還得反過來告誡主人不可以拿這來說笑，根本就是本末倒置了。

「愛莉斯菲爾，我這身打扮真的能夠融入這個時代的人群中嗎？」

「嗯……應該吧。我也是第一次到這個國家來，也覺得有一點不放心。」

如果有一個具有日本一般庶民意識的第三者在場，那個人肯定會對愛莉斯菲爾的觀點有意見。

愛莉斯菲爾在出發前特地為Saber量身訂作一套現代服裝，在法蘭克福機場的經銷商店取貨。那是一件藏青色的禮服襯衫，搭配上一套領帶與法式歐風的深色西裝。完全已經是男裝打扮了。

一位身高一五五公分左右的少女穿這套衣服，想必一定非常奇怪又好笑——但是穿在Saber身上卻完全不是這麼一回事。

那不是所謂男裝美女的倒錯式美感。Saber的美貌是由一種冷硬的英挺氣質所襯托出來，與女性的美色屬於完全不同的種類。她的男裝打扮就像是一位超凡絕俗的絕世美少年，纖細的身軀以及與粗獷鬍鬚無緣的細白肌理，讓人直覺聯想到還不具有成熟男性魅力的純潔少年氣息。

「我選了一件能和我的打扮匹配的衣服，Saber不喜歡嗎？」

「不，不是不喜歡。這套衣服活動起來也很方便，而且我從以前就穿慣男性服裝了。」

Saber固然必須換掉那身鎧甲，但是早在治裝的階段開始，愛莉斯菲爾便徹底以自己的興趣為導向，這一點是怎麼解釋都無法否定的事實。

從貨倉卸下的行李全部交給與兩人一起搭機前來的女侍們處理，愛莉斯菲爾與Saber兩手空空地走向海關。女侍們不會與她們同行，將行李送往艾因茲柏恩位於冬木市郊森林中的別邸之後就會直接回國。這次的聖杯戰爭中，愛莉斯菲爾不打算留人在身邊服侍，沒必要讓無辜的人捲進不必要的危險中。只要有心，身邊的諸多雜事她可以自己一手包辦。而且最讓她感到放心的，是有Saber這位強力的伴侶陪在自己身邊。

兩人順利辦完入境手續，旋即來到機場大廳。一路上雖然沒有耗費太多時間，可是剛才入境官員們的態度——所有職員看到愛莉斯菲爾與Saber的時候都嚇了一跳，睜大眼睛，沒有一個人例外。這讓她們兩人一開始就感到一陣難以言喻的不安。

「問題果然是出在……我的服裝上嗎？」

Saber察覺在大廳來來往往的每一個人都在注視自己，尷尬地低聲說道。

「這個嘛，可能是有一點太惹眼了……」

愛莉斯菲爾也只能露出苦笑。事實上吸引這麼多目光的原因也有一部分在她身上，這是因為她們兩人都有著驚為天人的美貌。那身特別的服飾雖然很奇異，但糟糕的是穿在兩人身上看起來反而十分相襯，非常合適。周圍的注視眼光不是驚訝的眼神，而是帶著一絲陶醉的欣羨目光。

「——我們走吧，Saber。想太多也沒有用。」

愛莉斯菲爾說道，抓住低著頭、表情難堪的Saber的手。

「難得到日本來。在戰鬥開始之前，我們一定要好好享受一番才行。」

「不，愛莉斯菲爾。這不是享不享受的問題——」

Saber支吾說道。愛莉斯菲爾半強迫地拉著Saber的手，蹦蹦跳跳地踏著輕快腳步往計程車乘車處走去。不曉得為什麼，Saber 覺得她的表情看起來充滿前所未見的生氣勃勃，神采奕奕。

×　×

當兩人到達冬木市時，午後時間已經過了大半，再過不久，夕陽就會染紅西方的天空。

「好熱鬧喔……」

兩人在站前公園的廣場下車，置身於傍晚時刻行人熙來攘往的熱鬧街道。愛莉斯菲爾興奮不已，說出自己的感想。

但是隨侍在她身邊的 Saber 卻像是一位勘查戰場地形的指揮官，帶著銳利的眼神環顧四周。

「切嗣應該也已經到達這裡了吧？」

「嗯。他預計比我們早半天到。」

為了隱藏自己的行跡，切嗣從入境的時候開始，就與愛莉斯菲爾和 Saber 兩人分道揚鑣，走另一條途徑。他應該已經先轉搭客機在大阪國際機場降落，再搭乘電車來到冬木市。

「我們不想辦法和他會合嗎？」

「不要緊，他應該會自己找到我們。」

雖然沒有表現在表情上，但是Saber心中對切嗣與愛莉斯菲爾這種沒有計畫的行動方針感到有一點訝異又無奈。

「那麼我們之後的計畫呢？」

「這個嘛……暫時就靜觀情況如何變化，再採取彈性措施臨機應變吧。」

「也就是我們什麼都不用做嗎？」

「就是這樣。」

Saber略有不滿地說道。愛莉斯菲爾則對她露出俏皮的微笑，模樣看起來有些孩子氣。

「可是這樣又太浪費時間了，難得大老遠跑到這麼遠的國家來……」

愛莉斯菲爾笑盈盈地看著周圍的街景，很自然地邁開腳步。她的步伐穩健，沒有一絲猶疑，旁邊的Saber趕緊跟上前去。

「發、發現敵人從靈的蹤跡了嗎？」

「沒有啊，怎麼可能。」

愛莉斯菲爾若無其事地說完，身子一轉，用懇求的眼神看著自己的同伴。

「Saber，反正機會難得，我們好好參觀這座城市嘛，我想一定會很好玩的。」

「……」

愛莉斯菲爾意外的要求讓Saber一呆，可是她很快便正色說道：

「愛莉斯菲爾，千萬不可以大意。我們既然已經踏上了冬木的土地，就要做好準備防範敵人，聖杯戰爭已經開始了。」

「是啊，這時候就要依靠Saber了。如果有從靈在附近，妳應該可以憑氣息察覺到對方，不是嗎？」

「這……妳說的是沒錯。」

不管是靈體還是實體，從靈之間都能藉由氣息感覺到彼此的存在。當然個人的偵察能力各有高低，其中也有像Assassin那樣擁有特殊能力的從靈，能夠消弭自己的氣息。

「依照我的能力，頂多只能感測到半徑二百公尺遠的距離。而且這還只限於對方正在使用某種能力的情況下。」

「是嗎……既然這樣，現在這裡應該沒有想要對我們不利的從靈吧？」

「是的，可是——」

「那麼我們就主動出擊，四處走走把他們引出來吧。反正本來就不知道要上哪裡去找。」

原來如此，為了尋找不知身在何處的敵人，採取誘敵戰術刻意在街上晃盪也不失為一種策略。這種方式雖然頗為大膽，但是Saber的搜索能力並非特別突出，想要主動尋找敵人的話也只能這麼做。反正不能靈體化的Saber本來就沒辦法進行隱密性的諜報行動。

雖然Saber同意這個想法有理，但她還是覺得愛莉斯菲爾的動機不純。不對，想來想去她都認為愛莉斯菲爾單純只是想遊山玩水，才開口徵求自己的同意。

「愛莉斯菲爾，我們還是應該先找個地方落腳之後和切嗣會合，好好計畫今後的策略才對。這座城市的郊外不是有艾因茲柏恩準備好的城堡嗎？」

「有是有啦……可是……」

這次輪到愛莉斯菲爾支吾其詞了，她似乎也知道自己選擇的行動缺乏危機意識，有些輕率。Saber察覺事情有異，又開口問道：

「妳為什麼這麼想要參觀這座城市呢？」

「我……是第一次來。」

愛莉斯菲爾變得有些軟弱，微微低著頭回答道。Saber嘆口氣，語氣中帶著半分無奈。

「——妳也知道，我是受到聖杯召喚之後才得到這個世界的知識，當然也是初次認識這塊即將成為戰場的土地。愛莉斯菲爾，這裡不是什麼大都市，也不是觀光勝地，應該沒有什麼特別值得一看的地方。」

「不，不是這樣的。我不是這個意思——」

愛莉斯菲爾像個小孩似的，只是一個勁兒地堅決抗拒，卻又說不出個所以然。她猶豫好了一陣子，才老實說出實情。

「我——是第一次到外界來。」

「……什麼？」

Saber 無法馬上理解她的意思，愕然回問道。

「我的意思是……這是我有生以來第一次到外面活動。」

「那麼妳……之前的人生一直都在那座城堡裡？」

愛莉斯菲爾很困窘地垂首，輕輕點頭。

「大老爺他老人家以前也說過，我只是為了這場聖杯戰爭而製造的人偶，不需要到外面走動。」

Saber 以前身為阿爾特利亞的人生也不算多美滿。

但是眼前這位女性如果真的從出生之後一直關在那座冰封的城堡中，過著有如籠中鳥的人生，教人如何不為她感到同情？

「當然我並不是什麼都不知道喔。特別是切嗣出現之後，他告訴我電影、照片，還有好多外面世界的風景和風土民情。比方說紐約、巴黎等等，在世界各地有形形色色的人過著不同的生活。當然還有關於日本這個國家的事情。」

愛莉斯菲爾帶著歉意一笑，憐惜地看著周圍的人聲喧囂。

「可是……這是我第一次真正親眼看見這個世界，所以覺得好高興。我好像有點興奮過了頭，得意忘形，對不起喔。」

Saber 歛眉，靜靜點頭，然後默默地朝著愛莉斯菲爾伸出自己穿著深色西裝的纖細手肘。

「……Saber？」

「我自己也是第一次在這座城市逛街——可是護衛淑女是騎士的職責所在。雖然力有未逮，但是我會盡量努力。來，請您務必賞光。」

「——謝謝妳。」

愛莉斯菲爾的眼神中充滿著開朗的喜悅神情，伸手勾住 Saber 的手腕。

距離黑夜降臨，還有好一段時間。

即使身處繁華的市區當中，Saber 與愛莉斯菲爾這一對組合仍然相當搶眼。年輕女性全身充滿不凡氣度，閃閃發亮的銀色長髮配上喀什米爾羊毛外衣的打扮看起來不但不會太過豪奢，反而顯得渾然天成。還有一位隨侍在女士身邊，讓她勾著手腕的玲瓏美少年。一般人如果不是參加電影明星們星光雲集的雞尾酒會，根本不可能有緣一見如此天造地設的一對。

這種只存在於電影銀幕中的美麗幻影，現在竟然在日本地方都市的街道上悠然漫步，路上的每一個行人剎那間都停下腳步，睜大雙眼。

緩步而行的兩人之間既沒有親暱愛侶的柔情蜜意，也沒有觀光旅客的驚嘆連連。她們只是置身於人潮的流動中，悠然地隨意漫步而已。有時候她們會忽然停下腳步，看著夕陽映照下閃耀的大樓玻璃窗或是櫥窗內的展示品，快樂地欣賞這些無關緊要的事物，但是卻完全不曾光顧店家購物或是走進咖啡店裡小憩。

兩人好像謹守自己身為局外人的本分，雖然融入人聲嘈雜之中，但總是保持一定的距離，安分地看著城市的活動。

×

×

冬天低垂的太陽不知何時已經隱沒在山陵的另一端，夜幕籠罩的市街開始展現出不同的風貌，色彩繽紛的燈飾閃閃爍爍，讓愛莉斯菲爾為之陶醉嘆息。

世界上一定還有很多城市的夜景比冬木市這裡更加美好吧。但是對愛莉斯菲爾來說，現在她所看到的這片夜景，這份感動才是她第一次獲得的珍貴寶物。

「真的好漂亮……有一大群人在這裡生活，夜晚竟然就會變得這麼耀眼……」

愛莉斯菲爾感動不已，低聲說道，Saber也默默點頭。這個世界與Saber原來生活的世界時地都相隔甚遠，她對在這裡初次看到的風景也不是毫無感觸。只是Saber表面上看起來雖然怡然自得，但她還是繃緊了神經，注意四面八方。

這裡已經是敵營了——這樣的想法還是不變。

Saber的搜索能力絕對稱不上優秀，而且在不同的情況下，到處徘徊的Saber也有可能被敵方從靈先一步發現。雖然她不認為有人會在眾目睽睽之下公然動手，但是現在的狀況確實隨時隨地都有可能遭受奇襲。

即使如此，她並沒有責怪愛莉斯菲爾，而是順從她希望盡情享受片刻自由時光的願望。這是因為她對自己的劍有絕對的自信心。

她接受召喚成為冬木聖杯設下的職別當中最強的劍之座英靈。在近身戰當中，沒有任何一位從靈能夠凌駕在她之上。無論開戰時的狀況有多麼不利，她都有自信能夠披荊斬棘，打開一條活路。

就算遭到奇襲也無妨，她會光明正大接戰，逆中求勝，消滅對方。想要對她玩弄策略的奸宄之輩，她會讓他們知道劍士職別絕對不是好惹的。

「……Saber，接下來要不要去看看海？」

愛莉斯菲爾掩不住臉上的興奮神情，開口問道。男裝少女微笑點頭，她不會讓愛莉斯菲爾察覺自己緊繃的情緒。

Saber發過誓要保護愛莉斯菲爾，所以她也要保護愛莉斯菲爾此時正在享受的這份喜悅，這是身為一名尊貴騎士的堅持。

走過橫跨未遠川的冬木大橋，來到對岸的橋下，有一座面積廣大的海濱公園。

夜已深了，兩人走在已經沒有人跡的寂寥步道上。從海上吹來的北風不受阻擋，直接吹遍整座公園，將愛莉斯菲爾的銀色長髮撩起，有如流星的銀色尾巴一樣。如果是在夏天，現在可能還會有一些情侶在這裡約會，冬天夜晚的寒冷則讓人不敢靠近這裡一步。但是第一次看海的愛莉斯菲爾早就已經習慣故鄉的嚴寒，一點都不在乎。

「這裡應該在白天的時候來看的……」

一邊望著夜晚黑漆漆的海面，Saber懷著歉意說道。可是愛莉斯菲爾絲毫不以為意，凝望著消失在黑暗當中的海平面。

「沒關係。晚上的海也很漂亮，就好像一面映照出夜空的鏡子一樣。」

愛莉斯菲爾滿臉笑意，側耳傾聽一波又一波來來去去的浪潮聲。今天一天的散步似乎讓她很開心，白皙的臉頰有些紅潤。她的笑靨彷彿就像是年輕少女般純真無邪，一點都不像已經有了孩子的有夫之婦。

「身邊有一位男士陪伴著，一同在陌生的城市逛街，這種經驗竟然會這麼快樂——真的讓人意想不到。」

「陪著妳的只是一位假扮成男性的女人，這樣也足夠嗎？」

Saber對著看起來喜不自勝的愛莉斯菲爾說道。以她平時嚴肅的個性來說，鮮少機會聽到她這種帶著一點點諷刺意味的語氣。

「足夠了，簡直無懈可擊。Saber，今天的妳是一位非常迷人的騎士喔。」

「這是我的光榮，公主殿下。」

看著眼前穿著深色西裝的少女彬彬有禮地行了一禮，愛莉斯菲爾有些害臊，轉頭看著海面。

「Saber，妳喜歡海嗎？」

「很難說喜歡還是不喜歡……」

Saber苦笑道，回想起遙遠的故鄉。

「因為在我的時代、我的國家……經常有很多蠻族從海的另一頭來犯，我對海洋只覺得戒慎恐懼，從來沒有任何憧憬。」

「是嗎……」

Saber的回答讓愛莉斯菲爾的表情蒙上一層陰影。

「……不曉得為什麼，我覺得有些過意不去。妳雖然同樣也是女兒身，但是身為亞瑟王的妳，卻沒有閒情逸致可以和男士享受約會的時光。」

「妳說的也有道理。」

Saber輕鬆地笑著聳聳肩。她不後悔捨棄女性的身分，相對的，在她小小的胸口中充滿著往日英勇馳騁在戰場上的驕傲。

「愛莉斯菲爾才是，其實妳不是想和我，而是想和切嗣一起逛街，對不對？」

聽到Saber的疑問，這次換愛莉斯菲爾露出冷靜的微笑。

「那個人……不行。這麼做會讓他更難過的。」

Saber不了解愛莉斯菲爾的回答是什麼意思，露出狐疑的表情。

「和妳在一起，切嗣不覺得快樂嗎？」

「不是，他一定也和我一樣感到幸福……就是因為這樣所以才不行，『幸福』會讓他感到痛苦。」

「……」

Saber仔細玩味愛莉斯菲爾這句話的涵義，試圖去了解存在於衛宮切嗣這個男人心中的矛盾。

「——切嗣內心抱持一種內疚，認為自己沒有資格享受幸福嗎？」

「或許是吧，他總是在內心中不斷責罰自己。可是一個人如果想要為了追求理想而活，一定要徹底變得更加冷酷才行……」

愛莉斯菲爾遠望大海，心中想著丈夫現在應該也潛伏在這座城市的某處，為了相同的目的而四處奔走。

Saber想要說幾句話安慰愛莉斯菲爾，但還是沒說出口。

……此時她很後悔一個不小心讓兩人的對話談到這麼沉重的話題。她本來希望能夠在愉快的氣氛當中結束這一天。

Saber很自然地握住愛莉斯菲爾的上臂，輕輕把她拉到自己身邊。只是這樣簡單的動作，愛莉斯菲爾以冷靜的眼神與Saber對望一眼。

「……敵人的從靈？」

「是的。」

這種感覺絕對不會錯。在旁邊一百公尺左右的陰暗處當中，散發出一股極為強烈的氣息，彷彿是在挑釁一般，很明顯是針對Saber而來的。但是對方沒有靠近，反而慢慢遠離——

「看起來對方似乎在引誘我們過去。」

「喔，還真是正直的人呢。他要我們一起挑選開戰的場地嗎？」

愛莉斯菲爾說話時的語氣一點都不緊張，應對態度依然冷靜而沉穩。面臨戰鬥一觸即發的局面還能如此從容，證明她對Saber有絕對的信心。Saber再一次對自己能夠邂逅這麼好的主人覺得感激。

「看來對方的意圖也和我們差不多。故意誇張地散出氣息，引誘會上鉤的對手……Saber，我想對方的從靈應該也和妳一樣，適合正面對決的戰鬥吧？」

「這麼說來，職別不是Lancer就是Rider。的確有資格當我的對手。」

Saber點頭。愛莉斯菲爾也對她露出勇敢無懼的笑容。

「那麼我們就答應他的邀請囉？」

「求之不得。」

如果敵人企圖引誘自己進入對他有利的場地，這種明知山有虎偏向虎山行的行為當然伴隨著危險。可是Saber不是會害怕這種小伎倆的弱者，她的主人同樣也了解自己的從靈有幾分實力。

Saber踩著輕鬆與自信的腳步，往敵人氣息遠去的方向邁進。愛莉斯菲爾也跟在後面，一邊把手伸進口袋中。她的外衣口袋裡有一臺如掌心大小般的裝置，她按下開關。這是切嗣之前交給她，一種叫做『發信器』的機械，好像可以把愛莉斯菲爾兩人的位置傳送給分開行動的切嗣。切嗣常常喜歡用一些不使用魔力的機關小道具。

愛莉斯菲爾相信Saber的力量。她心中期盼事情的發展不要太過棘手，希望等會兒遇見的敵人能力遠不及Saber，讓她高傲的從靈能夠將敵人一擊斬殺於劍下……

沒錯，如果可以的話……她希望騎士能夠在切嗣介入戰鬥之前就分出勝負。

-154:15:41

橫跨整條未遠川的冬木大橋位於出海口不遠處，全長六六五公尺，是一座三跨徑的連續中路式拱橋。

橋拱頂部高達五十公尺以上。如果在這麼高的位置被來自海上的海風一吹，下場肯定就是一腳踏空，掉進下面的河裡。如果沒有安全繩索，就算是再熟練的整備工人也絕對不會上去。

韋伯．費爾維特身上沒有綁任何安全繩索或是其他裝備，他就這樣用自己的雙手雙腳緊緊扣住冰冷的鋼骨。平常他一直告訴自己要表現出威武從容的態度，不過此時他已經顧不了這麼多，把威武以及從容全都拋到九霄雲外去了。

他的從靈Rider則是盤著雙腿坐在他身旁。整個人看起來威風八面，讓人恨得牙癢癢的。

「Ri……der……我們……快點從這裡……下去吧……」

韋伯對Rider說道，牙齒因為寒冷與恐懼不停打顫。不過他的聲音對巨漢從靈來說只是馬耳東風而已。

「這裡是絕佳的監視位置。現在咱們不妨暫時置身高處，好好參觀吧。」

Rider手中握著洋酒酒瓶，不時仰頭大口飲酒，一邊俯視位於西側橋下，占地範圍廣及河口到海岸的寬廣海濱公園。雖然韋伯的視力看不到，不過按照Rider的描述，他們眼前的目標——前後花了四小時到處追蹤的從靈氣息就在那裡。

Rider與韋伯兩人為了希望與敵人接觸而在市街遊蕩，他們是在下午過了好一陣子之後發現那位從靈的氣息。

本來以為Rider會立刻出手襲擊，結果他只是站在遠處監視對方，完全沒有要展開攻擊的意思。韋伯覺得奇怪，問了Rider之後，他冷笑一聲說道：

「那顯然是在釣魚。像他這樣大剌剌地到處散播氣息，沒有人發現才怪。不光只有朕，其他從靈一定也已經盯上那傢伙，正在觀察狀況。

如果放著他不管的話，遲早會有性急的召主忍不住動手。我們就靜觀其變，期待好戲上演吧。」

就韋伯看來，他也覺得Rider的計畫是正確的。他反倒覺得很意外，沒想到這位豪邁磊落的巨漢從靈竟然會耍心機，想出這種狡猾的策略。

誠如Rider所說，接受敵人的挑釁，沒頭沒腦地發動攻擊是最笨的下下之策。會被這種伎倆釣上的人就算放著不管，他們也會互相殘殺而越來越少吧。雖然不知道那個主動挑釁的從靈是不是真的對自己的本事這麼有自信，可是如果有其他從靈願意挑下這場子的話，這也不失是一個大好機會。等到其中一方敗退之後，再讓 Rider 擊潰勝利的一方。這就叫做鷸蚌相爭，漁翁得利。

既然這麼決定了，接下來就來看看誰比較有耐性。韋伯與 Rider 保持一定的距離，繼續追蹤那道在市內漫無目的四處徘徊的從靈氣息，現在則是在橋上監視。

話雖如此——韋伯當然明白據點要設置在視野遼闊的制高點的道理，可是再高總有個限度吧。韋伯不知道從靈會不會摔死，但他只不過是血肉之軀的人類，要是從這裡掉下去百分之百沒命。這名巨漢明明應該能夠了解這一點，為什麼他就是對韋伯的人身安全這麼滿不在乎？

「我、我要下去！不對，讓我下去！我、我、我受夠啦！」

「好啦，等一下。真是個靜不下心的傢伙，坐著等也是一種戰爭啊。」

Rider 只是一邊喝著酒，一邊悠哉自在地說著，對韋伯已經泫然欲泣的表情看也不看一眼。兩人之間似乎打一開始就沒有「高處很危險」的共通認識。

「如果你這麼閒著沒事幹的話，就看看寄放在你那裡的書。那可是一本好書喔。」

聽到 Rider 這麼說，就讓韋伯想到掛在肩頭上那重得要命的背包。現在他根本已經沒有一絲餘力可以多負荷一公克的重量，一想到這本精裝本的厚重書籍就讓他覺得痛恨。

那本書是 Rider 現世之後不久，襲擊圖書館搶來的兩本書中的其中一冊。古代希臘詩人荷馬所著的《伊利亞德》，是一首描寫眾神介入人界，共同在特洛伊戰爭中掀起一場腥風血雨的壯闊敘事詩。

如果是地圖的話也就算了。宣稱要征服世界的 Rider 對現代地圖有興趣這件事雖然很好笑，但是韋伯也不是不能理解。

可是帶這本詩集是什麼意思？等到要上戰場的時候，Rider 反而把地圖留在家裡，到出門前一刻還堅持要帶這本《伊利亞德》一起走。除了 Rider 自己原本的裝備之外，如果想要帶其他東西當然就一定要維持實體化。因為依照不同的情況，有時候要讓 Rider 化為靈體以防被別人看見，結果韋伯最後還是迫不得已，落得被迫提行李的下場。

之前 Rider 確實聲稱拿書是為了『準備開戰』。可是這本書又不是兵法書什麼的，在戰場上究竟有什麼用處？

「Rider……你為什麼……要帶……這本書來？」

韋伯用苦澀的哀怨語氣問道。英靈表情非常嚴肅，回答道：

「《伊利亞德》是一本意境深遠的書。即使身在戰陣，有時候還是會想起某一節詩歌，然後想看得不得了。這時候如果不立刻當場再讀一遍的話，朕就會覺得不痛快。」

「……」

對方好像說了一句什麼很不合乎常理的話，不過因為恐懼的關係，韋伯的頭腦還沒轉過來。

「你說當場……是指在戰場上？」

「嗯。」

「在戰場上……一邊作戰的時候？一邊揮劍的時候？」

「沒錯。」

Rider面不改色地點頭說道。好像自己說的話再正常不過，一點都不覺得奇怪。

「……怎麼看？」

「右手持劍的時候就用左手拿書，左手握著韁繩的時候就叫身邊的僮僕念出來聽。」

「……」

超乎想像的答案讓韋伯無言以對。

「這種事有什麼好驚訝？朕的時代中所有戰士的食衣住行都和戰爭脫不了關係。一邊喝酒吃肉一邊作戰、一邊作戰一邊玩女人，就算在睡覺也是邊睡邊打。這點小事一點都不奇怪，任誰都辦得到。」

韋伯瞠目結舌，張大了嘴。可是如果是這個男人的話，說不定他真的會這麼做……

「……你在唬我吧？」

「那當然啦，笨蛋。」

隨著一陣失笑，韋伯的額頭又被彈了個爆栗。

「噫呀呀呀～～～～～～～～!!!!」

別說閃躲，韋伯想打滾都不行。那是因為光用雙手雙腳扣住橋梁鋼骨就已經讓他使盡吃奶的力氣。韋伯就連想摸摸疼痛的額頭都沒辦法，只能發出難聽的哀號聲。

「可是小子……說實話，這種程度的玩笑話任何人都會一笑置之，不會當真。你驚訝地臉色蒼白就代表你膽識還不夠大。」

眼前Rider的豪邁大笑，額頭的疼痛讓魔術師一邊直掉眼淚，一邊對當初選擇這個英靈為從靈的決定感到懊悔。

「我想回家……想回英國……」

「朕不是說不要那麼急嗎？你看，情況好像終於有變化了。」

「……啊？」

Rider用他線條粗獷的下顎比一比底下的海濱公園。

「朕這個征服王也真是粗心大意，竟然直到現在才發現……那座公園裡似乎還有另一個從靈。那傢伙也沒有隱藏氣息，不但如此，還朝向我們一直追的傢伙走過去。」

「那、那麼——」

「他們兩個人好像都是走向對面的港口。這就叫做以牙還牙，看來應該會打上一場了。」

Rider 剽悍地笑一笑，他的雙眼不知何時已經露出如同野獸般的銳利眼神。雖然目前還是做壁上觀，但是英靈伊斯坎達爾的精神現在正逐漸回歸戰場之上。

不過韋伯可沒空欽佩 Rider 可靠，因為自己在鋼骨上動彈不得的模樣更讓他感到羞恥——其實現在他滿腦子只想著只要有人能放他回到地上，就算天塌下來他也無所謂了。

×　×

一排又一排無色無味的組合式倉庫緊鄰著海濱公園的西側連綿展開，形成一條倉庫街。這一區還設有港灣設施，同時兼具區隔西邊工業區以及新都的作用。只要到了晚上就杳無人跡，零零落落的路燈徒勞無功地照亮柏油路，讓景觀更顯得空寂。無人的吊臂起重機朝向黑暗的海面整齊排列在一起，模樣彷彿就像是一群巨大的恐龍站著變成化石一樣，讓人毛骨悚然。

這裡的確很適合從靈在不為人知的情況之下進行戰鬥。

Saber與愛莉斯菲爾就像是前往赴約的決鬥者一樣，光明正大地走在一條為了讓大型車輛通行而鋪設的四線車道上。敵人也不再躲躲藏藏，現出廬山真面目。一道修長的身影挺立在無人大道正中央，那人的打扮固然特殊，他渾身散發出來的異常強大的魔力，更加讓人知道眼前的人並非凡骨，而是超越常人的存在。

兩名從靈在相距大約十公尺的地方停下腳步，形成對峙的局面。

終於遇見了第一位從靈。Saber仔細打量著即將與自己展開戰鬥，一決生死的敵手。

那是一名將一頭隨意翹起的長髮一古腦兒向後抹平、相貌端正的男子。Saber第一眼注意到的是他的兵器，那支超過人體身高，長達兩公尺有餘的長竿應該就是他的武器。在七種職別當中，最受其他從靈忌憚的騎士三座——與Saber、Archer齊名的「長槍」英靈。他應該就是從靈Lancer無誤。

奇怪的是，象徵他身分的長形兵器竟然不只一柄。

Lancer將右手輕握著的長槍槍頭搭在肩膀上，他的左手另外還提著一柄短槍，大約比右手的長槍短了約三成。

如果要活用長槍攻擊距離遠的優點，隨心所欲操槍的話，正常來說都是用雙手同使一柄槍。換做是刀劍的話，或許可以雙手各持一柄。但是一般情況之下，很難想像有人會用同時使用兩柄長槍的戰法。

兩柄槍從槍柄到槍頭都被像是符咒一般的長布緊密地裹住，無法看見真正的模樣。這麼做應該是為了隱藏寶具的真名吧。

「來得好。我今天一整天都在街上漫步，可是不管是誰，全都是龜縮不出的膽小鬼……有膽子回應我邀約的勇者只有妳一個人。」

那名男子——英靈Lancer用低沉響亮的聲音讚道，看起來神態自若。他淡淡地對Saber問道：

「那股澄淨冷徹的鬥氣……妳應當就是Saber，對吧？」

「沒錯，那麼你就是Lancer吧？」

「正是——哼，竟然不能與生死互搏的對手像平常一樣互通名號。這種束縛真是讓人掃興啊。」

Saber對此似乎也頗有同感，本來繃著一張撲克臉的表情稍見和緩。

「這是沒辦法的。這場戰爭本來就不是為了我們自身的榮譽而打。你不也是為了這個時代的主人奉獻你的長槍嗎？」

「嗯，妳說的沒錯。」

Lancer 苦笑道。他的表情出奇地冷靜悠然，完全不像即將要面臨搏命決鬥的人。再仔細一看，就越發覺得這名男子長得英俊好看。

高挺的鼻梁配上英氣凜然的雙眉，面貌十分精悍。緊抿的嘴角使人感受到他嚴謹自律的意志，但是一雙隱含著深邃憂鬱的眼神卻又使他散發出強烈的男性氣概。右眼下方有一點如同淚珠般的黑痣，搭配讓人印象深刻的雙眼，更添其俊俏風采。

他實在是一位只要看上一眼就足以讓女性心醉神迷的美男子——不對，他身上那種俊美風情單純只是因為他的容貌嗎？

站在 Saber 身後的愛莉斯菲爾微微屏息，雙眉輕蹙。

「……『魅惑』的魔術？沒想到你竟然對已婚女性做出此等無理之舉，槍兵。」

Lancer 身上明顯散發出一股誘惑女性的靈力。愛莉斯菲爾是強化魔術使用能力的人造生命體，她的肉體擁有比常人更強上一倍的抗魔力，所以才能抵抗。要是普通女性的話，只要看上一眼就成為這個男人的俘虜了吧。

但是 Lancer 對愛莉斯菲爾的抗議只是聳聳肩苦笑道：

「抱歉，這就像是與生俱來的詛咒一樣，我自己也莫可奈何。如果要恨的話，就恨我出生在這世上，或是恨自己身為女性吧。」

魅惑的詛咒當中最具代表性的就是『魔眼』，可是剛才Lancer的眼睛一直只看著站在前方的Saber而已，並沒有把視線移向Saber身後的愛莉斯菲爾。恐怕是在愛莉斯菲爾看見Lancer面貌的時候，引動魅惑的魔術吧。原來不是魔眼，而應該稱為『魔貌』嗎？

Saber冷哼一聲，以凌厲的眼神看著Lancer。

「你該不會期待那張好看的臉龐會讓我的劍變遲鈍吧？用槍的。」

「如果真是如此的話，那就未免太掃興了。原來如此，Saber的抗魔力果然名不虛傳……很好，下手殺一個因為我的面貌而直不起腰的女人也有損我的名譽。我很高興對上的第一個人是個有骨氣的傢伙。」

「哦，你希望正正當當地一決勝負嗎？能夠遇見一位重榮譽的英靈，對我而言同樣也是萬幸。」

Saber說完，也報以沉穩的微笑。她的笑意極為冷峻而強烈，是一種即將要以命相搏的人才會露出的笑容。

「那麼我們就開始吧。」

Lancer把搭在肩上的長槍一掄，重新握住，左手短槍的槍頭也緩緩抬起。兩柄槍像展開雙翼一樣左右大大舉起，這種架勢讓人完全看不出來他的套路。

Saber此時也將一直在體內奔騰不息的鬥氣一口氣釋放出來。迸射出的魔力像龍捲風一般翻滾，包圍住少女穿著暗色衣裝的纖細身軀——下一秒鐘，她身上已經穿著一套閃耀著白銀以及湛藍光輝的鎧甲。由魔力所組織而成的甲冑以及護手，才是這位美麗英雄王身為英靈真正的裝扮。

「Saber……」

愛莉斯菲爾緊張地在後面輕聲呼喚。她敏銳地感覺到兩位從靈釋放出的鬥氣以及現場一觸即發的緊繃氣氛，立即了解到這場戰鬥完全沒有自己能夠插手的餘地。

可是她不能光是袖手旁觀。雖然只是代理人，但她畢竟還是Saber的召主。

「……要小心。我至少可以用治療咒文幫助妳，但是除此之外……」

Saber頷首，不待愛莉斯菲爾說完。

「Lancer就交給我對付。只是對方的召主沒有現身，讓我有些不放心。」

就如同Saber所說，沒有出現在現場的Lancer之主本身就是另一項威脅。一般來說，召主會陪同在從靈身邊，一邊對應戰況發出指示，一邊以魔術進行輔助。Lancer的召主如果不是非常信任手下的從靈，全權委任於他的話，那就一定是潛伏在附近某個地方觀看Lancer的戰鬥。

「對方可能會耍什麼小手段，請妳小心注意——愛莉斯菲爾，我背後就拜託妳了。」

翡翠色的眼眸靜靜地訴說著，告訴愛莉斯菲爾不用害怕。

相信劍之英靈吧。

相信劍之英靈所認同的主人，相信愛莉斯菲爾自己吧。

「……我知道了。Saber，將勝利奉獻給我吧。」

「是，必定如您所願。」

Saber 勇敢地點頭，踏出一步。

走向已經擺好架勢，嚴陣以待的 Lancer 長槍攻擊範圍內……

-154:09:25

在愛莉斯菲爾的發信機所發出的信號指引之下，衛宮切嗣與久宇舞彌趕到夜晚的倉庫街。迎接他們的是一片空無人跡的寂靜。

四周只聽得見從海上吹來的風聲，除此之外，就是一片死寂以及停滯的空氣點綴著一如往常、空靈無聲的夜晚。

但是——

「……已經開始了。」

光是感受到這一帶逼人的魔力氣息，切嗣就已經正確地掌握住狀況。

有人設下了結界，可能是敵方從靈的召主吧。這種偽裝是為了隱藏這條道路深處所發生的狀況，以免被與聖杯戰爭無緣的過路人察覺。不讓自己所作所為暴露在眾目之下，對魔術師來說是永恆不變的原則。

切嗣把超過十公斤重的異樣狙擊槍抱在身側，陷入短暫的思考。因為有發信器發出的信號，所以幾乎能夠百分之百掌握愛莉斯菲爾兩人的所在位置。問題是要如何接近那裡，又要在哪裡觀戰？

切嗣沒有參戰的打算，為此他才準備了狙擊槍。他的目的是從遠離戰場的位置觀看戰況，趁隙狙殺敵方召主。從靈是一種靈體，原本也只有同是英靈的其他從靈才能造成傷害，切嗣與舞彌的火力就算再強大，對付從靈的效果還是連一支水槍都不如。對抗從靈的任務就交給Saber，而且最好讓戰況激烈到敵方從靈無暇分心保護自己的召主。

「如果從那上面看的話，可以對整個戰場一覽無遺。」

舞彌說道，手指著聳立在黑夜碼頭岸邊的吊臂起重機。單以目測看來，駕駛座的高度就有三十多公尺高。只要能夠無聲無息爬到上面去的話，就可以從絕佳的位置俯瞰底下的狀況。

切嗣贊同舞彌的意見，但正因為如此，所以他搖頭拒絕。

「那個地方的確是監視的最佳制高點，任誰看了都會這麼認為吧。」

「……」

不待切嗣說破，舞彌就已經理解他的意思了。

「妳從東側岸邊繞進去，我從西側過去。找一個能夠監看Saber她們的戰鬥以及那座吊臂起重機的位置。」

「知道了。」

舞彌將手中的ＡＵＧ突擊步槍擎在腰際，小跑步悄無聲息地消失在倉庫街的陰影之中。切嗣同樣也一邊注意著愛莉斯菲爾的發信機反應，一邊用謹慎的步伐朝反方向移動。

×　×

愛莉斯菲爾非常震驚，幾乎忘了呼吸。

現在在她眼前展開的戰鬥之激烈，簡直超乎異常。

她本來猜想這場戰鬥應該只不過是舊時代式的對決罷了。

只不過是兩名決鬥者身著鎧甲，槍劍短兵相接的一對一武者對決。

可是戰鬥中爆發出的龐大魔力與她的想像不同；兩人激戰的熾烈與她的想像不同。

光是金鐵交擊，不可能會掀起如此具有破壞力的力量奔流。

每一次進足踏步都穿破地面。

每一道揮空的風壓都砍倒路燈。

愛莉斯菲爾的視力已經無法看清超高速的交擊。她只能看見互相衝擊、彼此制衡的兩人所放出的餘波。

由倉庫表面上扯下來的鋅鐵板就像鋁箔片一樣極度扭曲變形，輕飄飄地在空中飛舞，從愛莉斯菲爾身邊咫尺之處飛過去。她不了解為什麼倉庫的外裝會剝落，或許是因為……或許只不過是因為Saber的劍或是Lancer的長槍劃過附近的虛空吧。

勁風低鳴。

所有一切違反這個世界物理法則的暴行，讓大氣發出歇斯底里的慘叫聲。

無人的倉庫街彷彿籠罩在狂亂肆虐的龍捲風之中，遭受到無情的摧殘，逐漸被破壞殆盡。

只是兩個『人』在進行肉搏戰，街道就因此逐漸崩壞。

聖杯戰爭——

現在愛莉斯菲爾正目睹聖杯戰爭的危險以及驚人之處，親眼見證將神話與傳說世界的人物召喚現世，彼此互相激戰的真正意義。

這簡直重現了原本已經不復存在的神話。

蒼雷劃破天際，狂瀾粉碎大地，原本只存在於幻想中的奇蹟在此化為現實。

「這就是……從靈之間的戰鬥……」

愛莉斯菲爾只能目不轉睛地注視著這個她以前從未想像過的世界。

不只是愛莉斯菲爾，就連 Saber 同樣也覺得驚訝。

她本身也是帶領軍隊，身先士卒在許多戰役中衝鋒陷陣的騎士。對於長劍槍戟的戰鬥就像使用刀叉餐具那樣熟稔習慣。

就她所知，「長槍」這種武器要用雙手使用才是正確的戰鬥方法。這項原則從無例外。

因此當她看見 Lancer 從靈帶著兩柄槍出現的時候，她懷疑那是敵人的偽裝策略。

既然他是槍之座的英靈，那麼就可以確定他手中拿的長槍絕對就是他的寶具。然而依照聖杯戰爭的法則，被敵人識破自己的寶具就等於暴露出自己的真名。

綁在 Lancer 長槍上的綳帶狀符咒肯定是為了隱瞞長槍的真面目。Lancer 與他的召主對於隱藏真名相當慎重其事。

如果是這樣的話，他們為求周到，很有可能會再準備一柄假槍用來欺敵。即使兩柄槍之中有一柄是贗品，只是普通的長棒子，但是 Saber 迎敵時還是必須一直同時戒備這兩柄槍。

右手的長槍、左手的短槍——究竟是哪一邊才是那位槍兵「真正的槍」？

Saber 判斷只要看出這一點就能掌握勝機，因此一直用心觀察，希望能夠勘破 Lancer 的槍法。照道理來說，慣用的兵器以及贗品之間在招數的分量上一定會產生

「虛」與「實」的差異。

可是實際上——

這是Saber第三次進攻受阻，她向後飛躍，拉開距離。

「怎麼啦，Saber？妳的攻擊很無力喔。」

「……！」

Saber無法反駁Lancer的揶揄。兩人已經過招三十回合，但是Saber至今還是無法成功讓自己的劍網觸及Lancer。

Lancer右手單握的長槍反覆突刺，槍尖上下縱橫，來回舞動，速度與力道都不遜於兩手使用的長槍。不，這柄只用單手操使的長槍反而更加變化多端，一次又一次展現出雙手槍法所沒有的精妙攻擊，從Saber預想不到的角度對她進行奇襲。

雖然如此，長棍型態的武器在連續攻擊之間必定會露出破綻。偏偏每當Saber想要趁隙衝進敵人近身處的時候，左手的短槍就會準確牽制她的行動。Saber的進攻從剛才開始，一直被短槍槍尖的綿密防禦給封殺。

兩柄槍當中沒有一柄是「虛物」。這位Lancer英靈能夠用左右兩手自由自在地操縱左右兩柄長短槍，究竟苦心鑽研多久才能練就如此神技。

「……這個男人，很有兩下子！」

第一場戰鬥就遭遇出乎意料的強敵，這份戰慄讓 Saber 渾身充滿一股激昂的興奮。

可是 Lancer 也和 Saber 一樣感到訝異。

就旁人看起來，以出手攻擊的次數來說是 Lancer 正處於上風，壓得 Saber 只能守不能攻——但是實際上並非如此。

Lancer 從最初的第一次攻擊直到現在，光是逼退 Saber，小心不要讓她欺近自己身邊就已經使盡全力。雖然他試著說兩句玩笑話揶揄對方，但是他也和 Saber 一樣無法轉守為攻。

長槍本是一種雙手武器，Lancer 卻以單手武器般的速度及靈巧徹底發揮長槍攻擊距離較長與重量較重的優點。而且他能夠依照敵我雙方的距離遠近使用長短雙槍應對，而 Saber 只能來回揮舞一柄長劍，以武器的優勢來說，他不可能會落於下風。

可是事情卻沒有這麼簡單——

「那柄劍真是怪異……」

Lancer 在內心暗忖道。並不是只有旁觀的愛莉斯菲爾無法目視超高速的兵刃交擊。即便同樣是從靈，Lancer 也**看不到** Saber 手中所拿的劍。

Lancer 並不知道，這正是英靈阿爾特利亞的其中一件寶具——『風王結界（Invisible Air）』的可怕之處。

用魔力聚集大量的空氣，束縛在長劍周圍以改變光線折射率，讓整支劍隱形。就寶具的能力來說，絕對算不上什麼很誇張的種類，但是在近身戰中卻能發揮絕大的效果。

與Saber對戰的敵人會遭受無形之劍的斬擊，自己的攻擊也會被無形之劍擋格。也難怪Lancer會感到焦躁，就算能從Saber自身的動作看出劍路走向，但是不知道劍身長度就無從判斷適當的交戰距離。

結果Lancer為了應付Saber的長劍，只能拉大雙方距離，保持站在對方的攻擊範圍之外。接連使出有如行雲流水的華麗槍法大占上風只是表面上的樣子。Lancer雖然利用奇招屢次迷惑Saber，挫她銳氣，但是他自己同樣也一直找不到機會使出必勝的一擊。

「這女人，真是厲害……！」

面對最初的敵人，Lancer有預感這將會是一場必須全力以赴的激烈戰鬥。沸騰的熱血讓他的臉上露出凌厲的笑容。

兩位英靈全心專注在眼前的戰鬥當中，無暇戒備周圍的狀況。

不對，就算他們還有餘力注意四周，是否真能察覺那悄悄接近的存在呢……

那是因為這道與火花交迸的劍槍斬舞隔著一段距離，悄然無聲靠近的影子具有『遮斷氣息』技能，甚至能夠瞞過從靈的靈感應力。

黑色長袍在海上吹來的強風中翻飛，無臉的嘴唇在白色骷髏面具下冷笑。

有誰會想到他的存在呢？昨天晚上已經在眾多目擊者面前消滅的從靈『Assassin』再度在夜晚的倉庫街中現身。

Assassin 在眾人不知不覺之間藏身在監看槍劍對決的最佳制高點——聳立在碼頭邊的吊臂起重機上，距離成為戰場的倉庫街街道將近五百公尺遠。從靈的視力遠遠超過人類，就算從這麼遠的距離也能清楚看見正在激戰中的 Saber 與 Lancer 臉上的表情。可是這段遙遠的距離再加上 Assassin 的技能，正在戰鬥中的兩人固然無法發現，就算有其他正在監視的從靈也絕對沒辦法察覺 Assassin 的存在。

如果希望隱身效果更加確實的話，Assassin 可以不用實體，維持靈體的姿態進行斥候，這樣他可以更接近目標。但是在靈體狀態下，Assassin 自己的知覺也只有『靈視』的感覺。今晚 Assassin 被賦予的任務是「以肉眼觀看戰況」。

Assassin 了解召主的意思，從容接下那道指令，只是一直默默地注視著遠方的死鬥。

在進行著生死決鬥的倉庫街東南方十五公里之遙。

冬木教會籠罩在安靜的夜色之下。地下室裡有一個人正坐在黑暗中。

那人閉著雙眼，卻不是在沉眠。在一片寂靜當中聚精會神的黑衣人正是穿著僧袍的言峰綺禮。

就旁人看起來，綺禮似乎正在冥想。但是誰想得到他的耳裡現在正聽著海風的呼嘯聲；眼中正看著金鐵交擊的火花呢？

他的視覺以及聽覺所接收的情報，是目前正在遠方倉庫街進行的一場不為人知的從靈對戰……他感覺到的一切與此刻他的從靈 Assassin 所目睹的光景完全一模一樣。

綺禮正在使用的技術是他花費三年修行的成果。這是遠坂時臣傳授的其中一項魔術，共享知覺的能力。

綺禮能夠像這樣，與魔力通路相連的契約對象共用感覺器官的知覺。在聖杯戰爭當中，這種技術能夠在遠距離完全監視從靈的行動，實用度非常高。如果手下的從靈是擅長斥候的 Assassin 的話，有這項能力更加能夠如虎添翼。

唯一的缺點就是這項能力必須要有契約者，也就是知覺共有對象的同意才能行使。將這項技能傳授予綺禮的時臣本人現在就遭到 Archer 拒絕，無法切入他的知覺。對心高氣傲的英雄王來說，即便對方是他的召主，窺視他似乎仍是一件無禮至極的事。

可是……不，應該說正因為如此，所以時臣才需要綺禮以及 Assassin。

「——未遠川河口的倉庫街有動靜，看來第一場戰鬥終於開始了。」

綺禮對著無人的黑暗這麼說道。雖然這裡沒有其他人，但是桌上卻擺了一臺古老的留聲機。黃銅製的播音喇叭朝著綺禮的方向傾斜。果不其然，看起來只是一臺普通老古董的留聲機發出人語回答綺禮。

『不能說是第一場吧。在公開認定上，這可是「第二戰」喔，綺禮。』

音質雖然有些變調，但是這抹從容灑脫的嗓音確實就是遠坂時臣的聲音沒錯。

這臺骨董裝置因為那個造型傳統的牽牛花狀集音部位的關係，很容易被誤認為是留聲機。但是仔細一看，喇叭下方應該有的轉盤以及唱針都不存在。在喇叭尾端取代轉盤以及唱針的是一顆用鐵絲弦所支撐的碩大寶石。

這具儀器是時臣借給綺禮使用的遠坂家傳魔導器。在遠坂宅邸的工房裡也裝設了另一臺相同的裝置，時臣現在應該也坐在喇叭前吧。兩臺裝置的寶石隔著距離彼此共振，互相交換經由集音喇叭傳來的空氣震動。換句話說，這是一臺應用遠坂家寶石魔術的「通訊裝置」。

在冬木教會歸於言峰璃正神父管轄之下的同時，時臣就已經把這臺寶石通訊機送進教會裡了。目的當然就是為了和檯面下的合夥人，璃正神父以及其子——也就是聖杯戰爭開始的同時，按照計畫成為第一名戰敗者而接受教會保護的言峰綺禮——祕密取得聯繫。

目前所有計畫都進行地很順利。誰都想不到身處教會當中的綺禮竟然有辦法與外界聯絡。其實對不是魔術師的綺禮來說，他認為只要使用無線電就夠了，不必用到這種奇妙的裝置。但是遠坂的寶石通訊器與無線電不同，絕對不用擔心遭到竊聽。為求謹慎，依照時臣的作風行事未嘗沒有好處。

不管如何，目前Assassin與綺禮將會取代Archer，成為時臣的耳目。綺禮依照自己的方式觀察Assassin的視覺，同時動用自己身為召主被賦予的數值透視能力，盡可能詳細描述狀況。

「正在戰鬥的似乎是——Saber以及Lancer。特別是Saber的能力極為優秀，大部分的能力數值看起來都相當於A級。」

『……原來如此，不愧號稱是最強的職別。可以看到召主嗎？』

「只有一個人毫無忌憚地出現在場上……是一名站在Saber身後的銀髮女子。」

『嗯，那麼Lancer的召主至少懂得隱藏形跡。他不是外行人呢，很了解這場聖杯戰爭的鐵則……等等，你剛才說 Saber 的召主是一名銀髮女性嗎？』

「是的，是一位年輕的白人女性。銀髮紅眼，怎麼看都不太像一般人。」

黃銅集音喇叭的另一端傳來沉思的靜默。

『……會是艾因茲柏恩的人造生命體嗎？他們又打造出一個人偶召主嗎……這也不無可能……』

「這麼說那個女人就是艾因茲柏恩的召主嗎？」

『我還以為衛宮切嗣就是約布斯塔海特準備的棋子……沒想到竟然會猜錯。』

綺禮一開始還無法發覺自己心中湧起的奇妙龜裂。等過了一會兒之後，他才發現那是一陣失望的念頭。

『無論如何，那個女人是掌握著聖杯戰爭未來發展的重要關鍵人物。綺禮，絕對要盯緊她。』

「……我明白了。那麼我就**派一個人隨時跟著她**。」

口中說著謎一般的難解話語，綺禮接下任務之後，繼續注視遠方兩位英靈所展開的激烈戰鬥。

可是不管是火花四射的劍槍交擊或是兩人身上迸發出來的魔力奔流，此刻在他的眼中看起來似乎都比剛才失色許多。

位於碼頭岸邊的貨櫃集散場裡，成千上萬的貨櫃堆積成山。切嗣讓 Walther 狙擊槍的槍口從貨櫃山的間隙中悄悄露出，利用電子之眼看穿夜晚的黑暗。

他首先使用的是熱感應瞄準器……看到了。因為夜晚寒冷的空氣而呈現出黑色與藍色的背景中，明顯浮現出紅色與橘色的反應色。其中溫度特別高的白熱光源應該就是兩名從靈的影像，雙方急速交錯的熱度融合為一體，化為龐大的一團眩光。

鏡頭中另外還有兩個熱源反應，雖然比剛才那兩道熱源反應小得多，但是那確實是人體的放熱模式。其中一個人站在道路中央，觀看從靈的對決。還有另一個人——蹲在距離戰場稍遠之處的倉庫屋頂上，隱藏身形。

切嗣輕易就判斷出來哪一個才是他應該狙殺的目標。

為了再次確認，切嗣把眼睛從熱感應瞄準器的目鏡移開，窺看旁邊的夜視瞄準器。眼前的一切如同深海世界般染上一片淡綠色的燐光。但是比熱感應視覺更能清楚掀開夜晚的帷幕。

站在路上的果然是愛莉斯菲爾。切嗣之前已經交代過她，要她表現得像是高傲的 Saber 之主一樣，不躲不避，光明正大地挺身迎戰。

那麼說來，在屋頂上的熱源就是敵人的召主……那個與切嗣的 Saber 戰得難分難解，手持雙槍的戰士，Lancer 的主人了。

切嗣隱身在黑暗中，露出冷酷的淺笑，這種情況就是他所期望的。Lancer 的召主應該有用幻影或是遮蔽氣息的魔術迷彩隱藏自己的所在位置。他以為這樣做就已經足夠，卻忽略了要防備機械裝置的攝影鏡頭。他所犯下的錯誤就和以前那些成為切嗣獵物的魔術師完全一樣。

切嗣馬上利用嘴邊的通話器呼叫埋伏在戰場另一端的舞彌。

「舞彌，Saber 她們的東北角方向，Lancer 的召主就在倉庫的屋頂上。妳看得見嗎？」

『……看不見，從我的位置看好像是死角。』

如果可以的話，切嗣原本希望與舞彌一起進行交叉射擊以確保萬無一失。不過很不巧的，似乎只有切嗣位於可以攻擊的位置上。但是這不是問題。距離大約三百公尺左右，以切嗣的射擊技術絕對可以一槍置他於死地。既然那個魔術師沒有發現狙擊手的存在，他就無從防禦點 300 Winchester 麥格姆彈的攻擊。

正當切嗣拉開槍身上裝設的雙腳架，準備採取狙擊姿勢的時候——他忽然打消念頭，先翻轉 Walther 槍身，對準吊臂起重機上方。

霎時，他的計畫被完全打亂。

切嗣一邊在心中咂舌，一邊又對通話器低聲說道。

「舞彌，起重機上面……」

『……是。我這邊也看到了，果然如你所預料。』

舞彌的AUG突擊步槍瞄準裝置，似乎也捕捉到了那道切嗣用夜視瞄準器發現的人影。

在切嗣與舞彌之後，第三位窺探 Saber 與 Lancer 決鬥的監視者，現在就出現在吊臂起重機的駕駛座上。

切嗣早就料到會有這樣的事情。在聖杯戰爭剛開打的時候，與其積極參與對決，不如先做壁上觀才是上上之策。如果是行事沉穩的召主，就算其他從靈開戰也不會隨便去蹚渾水，但一定會趕赴戰場，仔細監看。如果勝利者在戰鬥結束後已經筋疲力竭的話，就可以搶入戰場坐收漁翁之利。就算事情沒有這麼順利，至少也能打探敵人的底細。

雖然切嗣在第一時間就趕到 Saber 等人的戰鬥現場，但是他不認為觀眾只有自己而已，所以才會白白放棄吊臂起重機這個最佳的監視地點，故意將那個位置讓給後來可能會出現的新監視者。果然就如他預料一般，敵人完全不知道吊臂起重機已經受到監視，占據視野最佳的特等席，結果就在切嗣兩人面前暴露行蹤。

話雖如此，還是有一件事連切嗣都沒料到。

切嗣再次凝神注視夜視瞄準器中淡綠色的影像。新來的監試者的身形裝扮……罩住全身的漆黑長袍以及臉上戴著的骷髏面具。雖然很讓人難以置信，不過那個人的確就是昨天晚上應該已經在遠坂宅庭園裡敗亡的Assassin。

切嗣在看了舞彌的使魔所拍攝的影像之後，本來就覺得有些難以釋懷，因此就算看到應該已經死亡的Assassin再度現身，他也不覺得非常驚訝。

暫且不提為什麼Assassin死而復生，問題是據守在吊臂起重機之上的是一名從靈。

如果切嗣現在開槍狙擊Lancer的召主，絕對可以讓對方一槍斃命，但是他的狙擊位置同時也會被Assassin察覺。Assassin職別的戰鬥力雖然不算優秀，但仍然是一介從靈，非常人所能及。就算切嗣是魔術師也沒辦法與他抗衡。

切嗣不能寄望Saber的幫助，現在Saber與他的距離比Assassin與他的距離還要遠上許多。再說Saber根本不知道切嗣在這裡，不可能一時之間立刻反應過來。

再加上她現在正在與Lancer激戰。就算召主被殺，魔力供給斷絕，從靈還是能夠獨力在現世留存一段時間，所以光只是殺死Lancer的召主並不代表可以立刻排除

Lancer。

如果還有什麼手段的話——那就是令咒。

召主的令咒命令權不只可以要求從靈去做能力範圍之內的事情，只要發出的命令基於與召主之間的協議，從靈能夠接受的話，令咒甚至可以實現超越英靈潛力的奇蹟。

所以讓Saber在一瞬間移動到切嗣現在的位置，叫她防衛Assassin的攻擊也不是不可能。

只是這樣一來，就等於害手無寸鐵的愛莉斯菲爾被遺棄在Lancer的面前。

——切嗣絞盡腦汁思考種種可能性，很快便作出結論。

雖然這是一個可以收拾Lancer召主的大好時機，但今天晚上只能放過他了。

既然下定決心，切嗣就不覺得有任何遺憾。

「舞彌，妳繼續監視Assassin。我要觀察Lancer。」

『了解。』

切嗣輕輕嘆口氣，將Walther沉重的槍身靠在雙腳架上，靜下心注視夜視瞄準器中的影像。

既然已經無計可施，今晚的戰鬥對切嗣來說就只是一場徒勞而已。

如果Saber不要隨便使用寶具，看準時機見好就收，和愛莉斯菲爾一起逃跑的話那是最好不過——不過他無法寄望那位自尊心高傲的英靈會有這種想法。

無論如何，有個機會可以好好確認自己手下棋子的實力也不錯。

「……那麼就讓我見識您的能耐吧，可愛的騎士王大人。」

-154:03:11

Saber與Lancer的決鬥依然戰得難分難捨。

正確來說，應該是兩人都難以忖度對方的實力，持續互相試探之後開始逐漸呈現膠著之態。

就算只是小小試探幾招，但他們可是從靈。道路受到攻擊的餘波衝擊，被狠狠地刮出破壞的淒慘爪痕。現場已經有兩棟倉庫倒塌，路面的柏油就像是田地的土壤一樣被翻開。只有成為戰場的這一個角落彷彿遭受垂直型大地震襲擊一般，破壞得慘不忍睹。

在這一片慘狀當中，Saber與Lancer兩人身上毫髮無傷，互相對峙。他們彼此對視，計算著如何進行下一次攻擊，臉上都不見疲態。

「雖然在這場雙方都不知名號的戰鬥裡根本沒有什麼名譽可言——」

Lancer對Saber說道。雙槍的槍頭上透出殺意，可是唯獨他的眼神依然輕鬆自在。

「無論如何，接受我的讚美吧。打到現在竟然連一滴汗都沒流，雖然是一介女流，不過妳還真是了不起啊。」

「你不用那麼謙虛，Lancer。」

Saber 手中舉著無形之劍，嘴角同樣也浮起微笑。

「我雖然不知道你的名號，可是你的槍法也很了得。像你這種高手的讚美是我的榮幸，我就心懷感激地接受了。」

雖然他們不知道對方的身分，在陌生的異國之地彼此對抗。但是此時此刻，兩人的心中確實感到心有靈犀。

雙方都以自己辛苦鍛練出來的力量與戰技為傲，如果遇見與自己能力不相上下的敵人，都毫不吝於表示自己的尊敬之意。兩位英靈都知道，彼此雙方的心中都懷抱著戰士的驕傲。

但是——

『遊戲到此為止了，Lancer。』

不知從何處傳出的冷淡聲音響遍四周，Saber 與愛莉斯菲爾都感到一驚。

「Lancer 的……召主!?」

愛莉斯菲爾不動聲色，仔細環視四周，但是到處都找不到可疑的人影。那人說話的聲音帶著不自然的迴音，聽不出來是男性還是女性，甚至聲音從何處發出都不知道，應該是使用了幻術偽裝吧。敵人似乎不打算在愛莉斯菲爾等人面前現身。

『不要讓這場戰鬥再拖下去。那個 Saber 是強敵，盡快把她收拾掉——我准許你動用寶具。』

隱身不出的魔術師所說的這番話，讓 Saber 的表情為之一凜。

寶具——Lancer 的召主終於催促他展現出從靈真正的武器。

「我明白了，吾主。」

Lancer 一改之前的飄逸神態，語氣變得嚴肅而低沉，改變持槍的架勢。

他毫不猶豫地把左手拿著的短槍扔在腳邊。

「這麼說……那柄長槍就是 Lancer 的……!?」

在 Saber 的注視之下，緊縛的符咒自 Lancer 右手的長槍鬆脫、落下。

那是一柄深紅色的長槍。強大魔力與先前截然不同，自槍頭隱隱發出，彷彿一道不祥的海市蜃樓。

「——妳也聽見了，接下來我要先下殺手了。」

Lancer 終於用雙手握住露出真面目的必殺兵器，低聲說道。

Saber 同樣也將手中的長劍放低，比剛才更加謹慎地計算與 Lancer 之間的距離。

寶具所發揮的效果大致區分為兩種。

一種是在說出寶具真名的同時，發揮出強大力量的一擊必殺類型。Saber 的必殺祕技就是這種類型。『應許勝利之劍（Excalibur）』現在雖然隱藏在無形結界的保護下，但是只要徹底除去偽裝，大聲喊出真名的話，她的寶劍就會釋放出一道光流，橫掃千軍萬馬。這件攻城寶具能夠將大地化為一片焦土，如非最後關頭不可以輕易使用。

相對的，另一種類型則是武器的屬性本身就帶有寶具性質。以 Saber 來說，『風王結界』就屬於這類型。這一類寶具本身沒有殲滅敵人的效能，但仍是有用的「利器」，能夠將戰局導向有利於自己的方向。寶具效果不算強大，換句話說就代表使用起來非常便利。如果活用得宜的話，就結果來看還是可能成為決定勝負的王牌。

Lancer 的那柄紅槍究竟是——

Saber 直覺認為應該是屬於後者。從 Lancer 的架勢看來，他有意繼續和 Saber 對打，目前還感覺不到下一招就要一決勝負的壓迫感。

「……」

兩人之間依舊沉默，可是氣氛卻加倍緊繃。雙方一點一點地移動腳步，縮短距離。

——首先動手的是 Lancer。

與之前那如同神技般變換自在的槍舞相比起來，這次的直線突刺顯得呆板許多。

Lancer 好像已經不再估算如何與 Saber 隱藏在『風王結界』之下的長劍保持距離。

不，他甚至似乎連自身的防備都放棄了。

Saber當然用最一般的方法應對，她用手中的劍輕易擋架Lancer的長槍。Lancer這一槍並非特別沉重、也沒有特別迅速，只是非常平凡無奇的一刺。但是……

異象始於一陣強風。

以互相咬在一起的長槍與劍為中心，一陣毫無來由的旋風狂捲而起。

「什麼!?」

Saber大感驚訝，向後退開三步，離開Lancer的長槍。Lancer泰然自若，依然挺著長槍，沒有繼續進逼。愛莉斯菲爾在旁邊看著這一切，根本不曉得發生了什麼事。

剛才的強風雖然只有一瞬間，但那並非魔力的奔流。愛莉斯菲爾還不知道這陣風從何而起，不過她認為那不是Lancer長槍造成的威脅。

可是面露驚訝的只有Saber一人。Lancer臉上帶著傲然冷笑，嘲諷Saber的訝異。

「妳祕藏的寶劍可終於露餡了。」

「……」

Lancer得意地說道。Saber則好像不知所以然，默默不語。只有兩位當事者真正了解剛才那短暫的怪異現象是怎麼一回事。

那陣風勢來自於Saber的劍上……正確來說，是來自她的『風王結界』內部。結界內部足以改變光線折射的壓縮空氣在那一剎那間洩漏了出來。而且當長劍與Lancer長槍交擊的瞬間——長劍上束縛風流的魔力竟然解開了。

就在結界破解的那一剎那，Lancer窺見了結界內部Saber長劍的「真正模樣」。Lancer剛才所說的話證明他的長槍確實破除了『風王結界』。

「我已經看清楚劍刃，這下子再也不會受看不見的劍身長度所惑了。」

Lancer大聲喊道，立刻刺出一槍。

正如剛才所言，Lancer的槍勢突然大增，攻擊趨為猛烈而確實。掌握Saber的劍身長度之後，他的槍技更加精準。Saber判斷只要其中有一槍沒擋下，就有可能造成致命的傷害——因此她無法光憑閃躲來對應，舞起長劍格開所有槍刺，徹底防禦。

黃金之劍的模樣在瞬間閃出一陣殘影。

「唔……」

氣壓又從『風王結界』當中漏出，變成一陣連續不斷的翻滾狂風，激烈地吹動Saber的金髮。Lancer的紅色長槍確實正在削弱『風王結界』。每當長劍與連續進逼的槍尖交錯，Saber原本無形的長劍就會在一瞬間露出形態。隨著雙方兵刃連續交擊，黃金之劍的全貌彷彿就像間隔零點數秒的連續動畫般逐漸顯露出來。

「可是……如果是這樣的槍法……」

這樣的槍法還有辦法應付——Saber這麼鼓舞自己。如果是雙手單使一槍的話，就是Saber已經熟悉的一般正常槍法。

目光敏銳的Saber看出接連不斷的連擊當中有一次攻擊的精準度稍遜。她用不著使劍硬擋，只要轉身閃躲，接著利用身上堅固的鎧甲便足可防禦。如果想要在劣勢中伺機反擊的話，這就是Saber等待已久的大好機會。

Saber心意已定，長劍一翻，朝向Lancer的肩膀砍去。即使紅槍槍尖會劃過她的側腹，但是既然已經決定無視，她也不再理會。這麼淺的攻擊會被鎧甲彈開。但是相對的，Saber的長劍將會由Lancer的肩上斜斬下來，將他一刀兩斷——

還沒確實感受到痛楚之前，Saber的直覺已經讓她免於慘敗。

砍下的劍還在空中游移，Saber縱身向旁邊一滾。不過她還是略晚了一步，因為Lancer呼嘯而過的槍頭已經刺出了幾滴鮮血。

流血的是誰當然不言自明。

Saber在地上翻滾以閃躲Lancer的追擊。她立刻翻身站起，牽制對手。可是眉目間卻難掩痛苦的神色。

「Saber！」

先不管究竟發生了什麼事，愛莉斯菲爾驅動魔力，對Saber的腹側施展治療術。

「──謝謝妳，愛莉斯菲爾。我沒事，治療很有效。」

Saber雖然這樣說道，但或許因為疼痛還沒有完全消退，她還是用手護著腹側。

「果然沒辦法這麼輕而易舉從妳手中搶下勝利……」

Lancer低聲說道。但是他的語氣中沒有一絲失望，反而因為高昂的興致而充滿興奮之意。和強敵交手似乎讓這個男人打從心底覺得愉快。

Saber雖然心中懊悔，咬緊牙關，但還是冷靜地在腦海中將一連串讓人難以置信的事情逐一排列，把一片片拼圖拼湊起來，還原真相。

她的鎧甲確實已經擋住Lancer的長槍，但是槍頭上還是沾染了Saber的血。

而且Saber的鎧甲現在依然沒有一點傷痕。

依照這些狀況來推測，代表當長槍碰觸到鎧甲的那一瞬間，Saber的鎧甲消失，讓槍尖直接刺中身體。

Saber雖然無法化為靈體，但是她可以任意讓身上這套戰鬥用的鎧甲實體化或是消失。也就是說Saber的鎧甲是用魔力組成，而不像愛莉斯菲爾購買的服裝是真正的實體。

再加上『風王結界』令人匪夷所思的龜裂……只有和Lancer長槍交擊的時候，集合風的結界才會發生破洞。

「……原來如此。我已經看出那柄長槍的祕密了，Lancer。」

Saber 低聲說道。現在她終於知道自己遇見的強敵有多難纏。

那柄紅色的長槍可以阻斷魔力。

可是其效力還沒有強大到足以破壞魔力的根基，徹底解除魔力效果。現在 Saber 的鎧甲還存在，『風王結界』的運作也依然正常。長槍的效果只有碰觸到槍刃的一瞬間而已，只有在那一剎那才會截斷魔力的流動，讓魔力無效化。

這項寶具的確沒有特別強大的破壞力，不過已經足以構成威脅了。從靈武裝的優劣之分可以說取決於武裝上的魔力或是魔術效能。但是面對這位槍兵，從靈的武裝越強大，其優勢就越容易被推翻。

「如果妳想要依靠那件鎧甲護身的話，我看還是免了吧，Saber。在我的長槍之前，妳就像是赤身裸體一樣。」

Lancer 調侃般的話語讓 Saber 嗤之以鼻。

「不過只是破解鎧甲而已，就讓你這樣得意忘形嗎？」

既然已經知道 Lancer 長槍的威脅所在，Saber 心中更無所畏懼。局勢還是平分秋色。

此時，覆蓋著Saber全身的銀色甲冑忽然如同水花般四散紛飛。

愛莉斯菲爾驚訝地吸了一口氣，Lancer則是露出警戒的眼神。

Saber自己主動卸下了甲冑，胸甲、腕甲、長裙狀的裙甲甚至護足，沒有一件留下。隨著清脆的金屬聲響而崩散的鎧甲斷片失去來自Saber供給的魔力，立刻如雲霞般消失無蹤。

「既然擋不住那柄長槍，那就在防禦之前先殺了你。覺悟吧，Lancer。」

身穿藍色單衣的輕裝，Saber再次擺出架勢。她將長劍放低，劍刃向後盪去，側身與Lancer對峙。這個架勢代表她已經不在乎防禦，只求用全身的力氣使出由下而上的斜斬，將對手一擊斬殺。

顯然Saber已經做好準備，要以接下來這捨身的一擊決定勝負。

「真是果斷，打算來個一招定江山是嗎？」

Lancer露出滿足的神情，彷彿看到了什麼令他懷念的事情。但是他的語氣當中明顯透露出緊張的情緒。

Saber褪下鎧甲之後不僅可以讓動作變快，現在她還能把形成以及維持鎧甲所需的魔力全數灌注在攻擊當中。對擁有『魔力釋出』技能的Saber來說，具有很大的差別。

所謂的『魔力釋出』，就是利用高壓將魔力儲存在手中的武器或是自己的四肢，朝任一方向瞬間放射出來，藉以大幅提升運動能力的強大技能。這代表Saber的一舉手、一投足都會帶有魔力形成的噴射氣流一般。就體格上來說，Saber只不過是個身材嬌小的少女，她之所以能夠輕鬆揮舞大劍，發揮強悍戰士的戰鬥方式，其祕訣也是在此。

Saber能夠將多餘的魔力全數轉化為近身戰的機動力，如果連維持鎧甲所需的魔力都使用在『魔力釋出』的話，其力量以及速度少說能夠再增加六成……破壞力已經可以讓她使出足以一擊必殺的攻擊。

以捨棄防禦力所得的優勢來彌補防禦力被剝奪的劣勢。這就是Saber為了對付Lancer的「破魔之槍」所得出的答案。

「我很中意妳的那份勇敢還有果斷的決心……」

Lancer如同一位面對蠻牛的鬥牛士，踩著故意刺激對方的輕快腳步，不停往側邊移動位置。

「但是以現在的狀況而言，這可是一項錯誤的選擇，Saber。」

Saber不為Lancer的話語所惑，冷笑回應道：

「這可說不定。有什麼建議，等你擋住接下來這招之後再說吧。」

Lancer自己想必也很清楚。面對Saber接下來的突擊，長槍對劍在攻擊範圍上的優勢一點意義都沒有。如果不能掌握Saber的速度，等著自己的就是一刀兩斷的下場。

Saber一邊冷靜地注視著對手輕盈的步伐，一邊計算出劍的時機。Lancer現在一定正在從她全身散發出的魔力密度來估算Saber衝刺的速度吧。可是除此之外，她還另有妙計……

Lancer的運足稍微……只有稍稍一點……變遲鈍了。

腳下道路的柏油已經翻起，變得有如石子地一般。在地上似乎有一點障礙物，讓Lancer的下盤力道一滯，動作稍有停頓。

Saber掌握住這一瞬間。

大氣磅地一聲發出破裂的咆哮聲。原本無形不可視的黃金寶劍大放光芒，讓黑夜化為白晝。

『風王結界』除了壓縮大氣，讓曲折光線以迷惑敵人視覺之外，還有一個附帶用途。在解開結界的那一瞬間，可以將超高壓力所凝聚的空氣變成一陣狂風，往敵人轟過去。這是一種一次性的遠距離攻擊。

現在Saber的妙計是把這一招加以變化。她之前大大揮劍，讓劍尖朝向背後的架勢……就是為了提高衝刺的速度。

噴射氣流由黃金之劍釋放，朝 Saber 的正後方爆發。噴射氣流再加上 Saber 捨棄鎧甲，用渾身力道使出的『魔力釋出』使她的身體化為超音速的砲彈。

Saber 此時的速度實際上已經達到一般前進速度的三倍。在她踏出腳步的那一刻起，一切迎擊或是閃躲動作都已經來不及了。Lancer 的長槍可能會重創 Saber，但是在那一剎那間 Lancer 也會被她一劍砍死。這一招帶著粉身碎骨的決心，不惜捨身只求必勝一劍。數倍於音速的超超高速衝刺突破大氣的障壁，衝擊波將周圍的殘垣斷瓦如同樹葉一般吹起。

Lancer 沒有動作。紅色槍尖一動也不動，似乎已經放棄迎擊。

取而代之做出動作的是——他的腳。

在高度集中的意識當中，比一剎那還要短暫的時間流逝被拉長，流動變得非常緩慢。

這時候 Saber 才察覺，原來 Lancer 的破綻是偽裝的。他的腳步踏錯不是偶然，而是為了預先站在那個位置而停下腳步。

也就是說，那個位置是 Lancer 早就計畫好的必勝點——當他從雙槍換持單槍時，扔下左手短槍的地方。

Saber 的腦海中回想起 Lancer 說的話……『這可是一項錯誤的選擇』。

就在此時，Saber 看見掌握必勝之機的 Lancer 臉上凌厲的笑容。他的眼神比語言更加明白地告訴 Saber……『妳的這個失誤，我要定了』。

Lancer 不是用提槍的手腕，而是用腳尖踢起砂石。被踢起在空中的不只有砂礫而已，還有剛才 Lancer 拋下的短槍。彈起在半空中的短槍槍頭正對著 Saber，原本與長槍一樣包覆住整柄槍的咒縛已經解開，露出底下的黃色槍身。

Saber 的第六感，超越理論思考的戰鬥判斷天賦讓她的失策真相大白。

使槍的正當戰法就是兩手執一槍——這個先入為主的觀念本身就是一個陷阱。她之前認為左右兩手各操一槍的技巧只不過是 Lancer 用來欺敵的手段。

可是如果雙手各使一槍本來就是 Lancer 真正的武技。

如果那位從靈原本就是使用「雙魔槍」而名震天下的英靈。

沒錯，所謂的寶具——絕對不一定只有一件。

Saber 已經無法減速，只能直線前進。Lancer 踢起的黃色短槍的槍尖瀰漫著不遜於紅色長槍的恐怖魔力，虎視眈眈地對著 Saber，等待一瞬間之後刺穿 Saber 咽喉的那一刻……

ACT.4

-153:59:42

「……不妙啊，這下真的不妙。」

在冬木大橋鋼骨橋拱上眺望倉庫街之戰的 Rider 站起身子，低聲喃喃說道。

「什、什麼事情不妙？」

韋伯第一次看到巨漢從靈露出焦躁的表情，心中七上八下。他維持攀附著鋼骨的姿勢問道。

「Lancer 那傢伙使出絕招了，他想要速戰速決。」

「不，這樣不是很好嗎……」

「笨蛋，你在胡說什麼。」

鏘地一聲。Rider 踏得腳下的鋼骨鏗鏘作響。全身緊貼住鋼骨的韋伯被這股搖晃給震到骨子裡去，差點又慘叫出聲。

「朕本來想在多幾個人到齊之前先看看情況。可是再這樣下去，Saber 有可能會被淘汰。等到事情發生就來不及了。」

「來、來、來不及……？你不是計畫等那些人殺得兩敗俱傷之後再攻擊嗎？」

「……你這小子，朕不知道你是哪裡搞錯了。」

Rider皺起雙眉，好像看到一場不好笑的小丑表演，大感掃興地低頭看著自己腳邊的召主。

「朕確實是希望其他從靈出面接受Lancer的挑戰。這還用說嗎？與其一個一個找，一次對付全部的人不是比較省時省力嗎？」

「……」

韋伯忘了應該要回話。自己與這位膽大包天的英靈之間認知落差之大，讓他啞口無言。

「一次……對付全部？」

「當然。這種能與不同時代的英雄豪傑交手的機會可是千載難逢。而且還有六個人之多，當然不能放過任何一個。」

自Rider的喉嚨中發出凶猛又危險的低嘯，彷彿雄獅的低鳴一般，可是嘴角吊起的表情看起來又像是在笑。韋伯已經知道這種表情是他特有的低笑方式。

「現在Saber還有Lancer就在眼前，他們兩人已經是讓人如此熱血沸騰的偉丈夫。朕很中意他們，讓他們喪命太可惜了。」

「你不讓他們喪命那怎麼行!?聖杯戰爭就是互相殘殺呀哇哇！」

韋伯半歇斯底里地訓斥Rider，可憐他的聲音因為一記彈額頭而被打斷。

「勝利而不亡之；支配而不辱之。這才是真正的『征服』！」

Rider挺起胸膛大聲說完，拔出腰際的配劍對著半空中虛劈一劍，斬開空間。

翻騰的魔力隨即奔流而出，一具燦然生輝的大型寶具隨著魔力的奔流現世。韋伯幾乎被四周捲起的狂風吹走，忍著不發出慘叫聲，死命抱住鋼骨。

「表演就看到這裡了。我們也出發吧，小子。」

話聲剛落，Rider翻起斗篷，縱身躍上那件寶具。

「笨蛋笨蛋笨蛋！你的行為簡直是莫名其妙！」

「嗯？你不高興的話，要留在這裡看嗎？」

「我要去！你這笨蛋，帶我一起去！」

「很好，這樣才配當朕的召主。」

Rider豪爽地放聲大笑，輕輕地拎起韋伯的衣領，讓他坐在自己身邊。

「就是現在。奔馳吧，神威的車輪(Gordias Wheel)！」

征服王的寶具發出震耳雷鳴，回應他的呼喚。

× ×

逆捲的狂風、生與死的交錯。

身形交錯的劍士與槍兵之間綻放出一朵鮮豔無比的大紅色血花——然後在一瞬間凋零。

Saber奔馳而過後靜止不動。在同一時間，兩人轉身。

雙方都還屹立不搖，與敵人戰鬥的意志也仍未稍減。兩位英靈都還健在。

勝負尚未分曉的原因是因為Saber在最後的最後即時對情勢做出判斷，勉強讓她還來得及使衝刺軌道產生分毫的偏移。

結果原本等著要刺穿Saber的黃色短槍沒有刺進她的胸口，只戳破她的左手腕。Saber手中舉起的黃金寶劍同樣也稍微一滑，沒有傷到Lancer的要害。斬擊的劍尖砍到的是Lancer的左腕……兩人很巧合地都傷在同樣的部位。

但是他們為了這道傷痕所付出的代價是否也相等呢？

「妳還真是難纏，不肯痛痛快快地落敗啊……那份頑強不屈真的非常了不起。」

Lancer面露悽愴的笑容看著Saber，對手臂內側被割下一塊肉的傷勢似乎毫不以為意。果不其然，Lancer的傷勢彷彿像影片倒帶一般，自動癒合復原，完全沒有留下一點痕跡。以從靈本身的治癒能力來說，這樣的回復速度實在太快。應該是目前尚藏身於暗處觀看戰況的Lancer之主施展了治癒魔術吧。

反觀Saber，她端正的美貌難掩痛苦以及焦急的神色。

Lancer的槍只是浮在半空中，與Saber兩手緊握著劍柄的長劍力道當然不同。Saber下臂被短槍刺穿的傷勢比Lancer還要輕。至少從傷口外表看起來是這樣。

「……愛莉斯菲爾，請妳也為我治療。」

「我已經施過魔術了！都已經用了，可是為什麼……」

比起受傷的Saber本人，在後方支援的愛莉斯菲爾更顯得倉皇失措。

愛莉斯菲爾的確是最優秀的魔術師。先不論她經歷過漫長且高難度的鍛練，她的身體本來就是針對強化魔道而「設計出來的創造物」，使用治癒魔術這等小事不可能會出錯。就算萬一真的失敗了，愛莉斯菲爾自己也會知道。

但是——

「治癒魔術的確有產生效用。Saber，妳現在應該已經是完全復原的狀態才對。」

「……」

Saber一邊謹慎注意Lancer的一舉一動，一邊凝視左手腕的傷勢。傷口的出血不多，看起來應該是很淺的小傷。麻煩的是手腕肌腱被切斷，五指當中最重要的拇指無法活動。這樣一來她就沒辦法用足夠的握力持劍。

Saber自己也知道愛莉斯菲爾的處理並沒有問題，但是手腕上的傷口卻沒有癒合。左手的拇指就好像是她天生的殘疾一般，完全無法動彈。

Lancer見Saber不攻過來，以從容不迫的姿勢彎腰用左手拾起掉落在地上的黃色短槍。

「妳很聰明，能夠發現鎧甲抵擋不了我的『破魔紅薔薇(Gae Dearg)』。」

Lancer毫不在意地說出自己寶具的真名。大概是認為已經讓Saber知道了寶具的效能，沒有必要再隱瞞了吧。

「可是，捨去鎧甲卻是妳的判斷疏忽。如果沒有脫去鎧甲的話，妳就能夠擋下『必滅黃薔薇(Gae Buidhe)』了。」

Lancer一邊說道，一邊將**右手的紅色長槍以及左手的黃色短槍**各自像是展翅般高高舉起，和戰鬥剛開始時的姿勢一模一樣。那副架勢並不是欺騙敵人，而是這位戰士在歷經苛刻的鍛練之後所練就的獨門戰法。

「原來如此……一旦被刺中，傷口就絕對不會癒合的詛咒之槍。我應該更早發覺的……」

斬斷魔力的紅色長槍以及帶有詛咒的黃色短槍，再加上右眼下能夠迷惑女性的一點哭痣——有了這些條件就能輕易看出 Lancer 的身分。他的威名列於塞爾特的英雄傳說中，以傳承的區分來說，與亞瑟王傳說還有幾分淵源。奇怪的是 Saber 本人在此之前竟然完全沒有察覺。

「飛亞納騎士團當中最頂尖的戰士……『燦爛的美貌』迪爾穆德（Diarmid O' Dyna）。沒想到我竟然有幸與你交手。」

「這就是聖杯戰爭的奇妙之處吧……可是覺得榮耀萬分的應該是我才對。只要是超越時空，被選召到『英靈之座』的人，任誰都不可能認錯那柄黃金之劍。」

第四次聖杯戰爭中參戰的 Lancer 從靈……塞爾特的英靈迪爾穆德‧奧‧德利暗。

Lancer 的真實身分終於被識破，但是他反而露出爽朗的表情，眼神斜瞥著 Saber 說道：

「與那位名滿天下的騎士王交戰還能搶下一城。呵呵，看來我也還不賴嘛。」

一旦成為英靈，他們就會隔離在時間的流動之外，不會受到歷史發生前後的拘束。只要該傳說比他們受召喚的時代更早，就算是出生時間比自己更晚的英雄，他們也會擁有相關的知識。迪爾穆德也認識往後將他的故鄉帶向光榮之路的亞瑟王傳說。

「好了，現在我們都知道彼此的名號，終於能以騎士的身分進行正式的比鬥……還是說一隻手被廢之後再戰讓妳覺得不滿嗎？Saber。」

「別說笑了。只受了這種程度的手傷就得接受敵人的同情，這才是奇恥大辱。」

Saber 毅然放聲說道，可是在她心中卻不禁咬牙痛悔。

「只是一刺，付出的代價太大了……」

Saber 再次編織魔力，以白銀鎧甲罩身。面對 Lancer 的『破魔紅薔薇』，穿上鎧甲依然只是浪費魔力而已，可是卻能夠用來防禦更致命的『必滅黃薔薇』。『風王結界』也再次吸聚周圍的大氣，將黃金寶劍收入無形的劍鞘當中。

任何方式都無法治癒黃槍的詛咒，恐怕只有破壞那柄黃槍，或是打倒持有者迪爾穆德才能夠解咒。Saber 必須用剩下的右手打倒 Lancer 的雙槍才行。只要有『魔力釋出』技能的輔助，單用右手持劍並非難事。可是如果不能運用雙手以渾身力道使出斬擊的話，就無法施展她的必殺絕技『應許勝利之劍』。

但是——至此 Saber 的鬥志非但不見稍減，反而更加旺盛。

將兩件寶具的其中一件用來牽制敵人，讓敵人完全疏於防備另一件寶具。如此縝密的謀略，讓 Saber 心中對 Lancer 的讚許之意更甚於遭到算計的憤怒。

眼前的敵人確實是強敵。

在聖杯戰爭的第一場戰鬥就遇上這樣無可挑剔的絕佳敵手。身為一生為劍而活的武者，Saber 豈能不為這種邂逅感到激昂？今天她與迪爾穆德・奧・德利暗之間的對峙不只是比拚武藝，而且還將會是一場必須考驗智謀戰略的極限戰鬥。

Saber 心中的振奮昂揚雖然沒有以語言表達，但是 Lancer 也已經感受到了。事實上，面露滿足笑意的 Lancer 內心也和 Saber 一樣。本來他以為『必滅黃薔薇』的奇襲陷阱絕對可以打倒對手，可是 Saber 只以一隻左手為代價便克服陷阱，使他對 Saber 感到又敬又畏。這場戰爭的勝利價值變得更加崇高，也讓他覺得欣喜不已。

兩位騎士英靈就連戰鬥精神都很相似、能夠彼此交心。

「覺悟吧，Saber。下一招就要妳的命。」

「如果那時候你還活著的話再說吧，Lancer。」

兩人傲然不馴地彼此挑釁，一邊觀察對方的必殺招式，一邊小心翼翼地緩緩縮短彼此距離。

神劍與魔槍一觸即發。

就在此時，冰冷而澄徹的壓迫感被一陣突如其來的轟雷巨響打破。

「──!?」

Saber 與 Lancer 兩人同時轉頭往東南方的天空凝神望去。巨響的來源很明顯，一定就是那個一邊在夜空中散出交錯縱橫的紫電閃光，一邊從天空朝著兩人直線奔來的物體。

愕然的愛莉斯菲爾說出了她心中的驚訝。

「……戰車……？」

如果光從外觀上判斷的話，那是一輛造型古典的雙騎戰車。繫在車轅上的不是戰馬，而是兩頭筋肉發達、極為強壯而健美的公牛。公牛的鐵蹄踢著一無所有的虛空，拉著裝飾華麗的戰車直馳而來。

不，牠們不光是浮在空中而已。戰車的車輪發出轆轆轉動聲，兩頭公牛蹄下踢踏的不是大地，而是耀眼的閃電。

牛蹄以及車輪每一次蹬踏虛空，紫色閃電就會劃出蛛網狀的觸手，發出轟轟雷聲撼動大氣。每一次巨響放出的魔力壓力，都足以匹敵 Saber 或 Lancer 使出的全力一擊。

如此怪異的現象、如此龐大的魔力釋出，這絕對是從靈的寶具沒錯。在場的人不用多想，都知道意圖介入 Saber 與 Lancer 之間對決的第三名從靈出現了。

「……」

Saber 和 Lancer 兩人神色凝重地瞪視這輛不請自來的戰車。不只愛莉斯菲爾，就連尚未露出廬山真面目的 Lancer 之主同樣也感到戰慄吧。

挾帶著如此強盛的雷氣，對方應該是雷神或是類似由來的英靈。然而說到與公牛有關係的雷神，第一個讓人想到的就是奧林波斯的至高神。當然那位神祇的等級更甚於英靈之上，所以不可能是祂。不過就算那位英靈只是祂的眷屬，也絕對是極為可怕的威脅。

奔馳在雷電上的戰車，高姿態地在 Saber 以及 Lancer 頭頂上的天空中盤旋之後，減低速度降落在地上。降落的位置正好在對峙的兩位英靈正中央，擋住雙方的鋒刃。在著地的同時，耀眼的雷光也跟著退去，一名彪形大漢威風凜凜地挺立在駕駛座上。

「雙方都放下武器，你們現在正在王的跟前！」

巨漢不疾不徐地大聲說道，音量直比戰車在天際現身奔馳時的雷鳴聲。他的雙眼炯炯有神，光憑一身氣魄彷彿就足以逼退正在彼此對峙的寶劍以及長槍。

Saber 與 Lancer 兩人都是享譽天下的英靈，氣度過人，當然不會因為別人大聲咆哮而就此退縮。但是一旦知道這名剛現身的英靈不是為了襲擊而來，只是想要擾亂 Saber 與 Lancer 的對決而出手妨礙，他們還是因為不知其意圖而不得不感到猶豫。

巨漢騎者見已經壓制了兩人的氣勢，態度嚴正地繼續說道：

「朕名為征服王伊斯坎達爾，在此次聖杯戰爭當中獲得 Rider 之座而現世。」

在場所有人這次更是驚訝不已。在聖杯戰爭的戰場上，真名乃是攻略關鍵，根本不可能會有從靈自報真名。然而所有人當中最驚訝的，莫過於Rider身邊蹲在駕駛座上的韋伯。

「你，你的腦子裡到底在想什麼啊？你這笨蛋～～～～～～～～～！」

韋伯因為過度慌亂，就連對Rider巨大身軀的恐懼感都已經遺忘。他一邊尖聲叫喚，一邊抓住征服王的斗篷。

啪地一聲，無情的彈額頭聲響遍夜空，抗議的尖叫聲陷入沉默。除了右手中指以外，Rider一臉好像什麼事情都沒發生過似的，轉頭看著自己左右方的Saber與Lancer，向兩人問道：

「雖然吾等是為了追求聖杯而競爭才會在此相會……但是在動手之前，首先有件事要先一問。

朕不知道汝等要對聖杯許什麼願望，可是現在先好好想一想。那個願望比吞食天下的偉大願望還要更加重要嗎？」

Saber雖然不知道對方提出這個問題想要說什麼，可是她直覺感到對方的真正意圖有所不軌，不禁怒上眉梢。

「你這傢伙——到底想說什麼？」

「嗯，簡單來說的話……」

說到這裡，Rider的態度依然威嚴，但是口氣卻突然變得莫名的輕鬆和善。

「汝等要不要臣服於朕之下，將聖杯讓給朕呢？這樣的話，朕就會將汝等當成摯友禮遇，將征服世界的快意與汝等分享。」

「……」

這個提案實在太過異想天開，Saber已經氣到不知該說什麼才好。站在對面的Lancer似乎也還摸不著頭緒，不曉得該如何反應。

征服王伊斯坎達爾的確是非比一般的英靈。在人類的歷史當中，沒有哪一個人比他更接近實現征服世界的夢想野心。

但是即便他再偉大，這種囂張的提案又是另一回事。突然跑出來大聲自報名號，然後連打都沒有打過就開口要求別人臣服。這種破天荒的行為簡直根本不把聖杯戰爭的規範放在眼裡，讓人難以判斷這究竟是英明的決定還是愚蠢的行為。

「這個嘛……膽敢先報上名號的氣魄我是覺得很佩服啦……可是我不能答應你的提案。」

Lancer帶著苦笑搖搖頭，但是他的眼神卻沒有一絲笑意。如同刀鋒般銳利的恫嚇眼神直接對上征服王的睥睨視線，爆出火花。

「我只會將聖杯獻給在今生交換誓言的新君主，而那個人絕對不是你，Rider。」

「……再說，你就是為了要表達這種無稽的戲言才妨礙我與 Lancer 的對決嗎？」

Saber 接著在 Lancer 之後如此說道。與俊美的槍兵不同，她的臉上連一點笑容都沒有。對個性嚴肅認真的 Saber 來說，Rider 提案本身就已經讓她覺得非常不高興。

「你的玩笑太過分了，征服王。身為一名騎士，這種羞辱讓人難以忍受。」

面對 Saber 與 Lancer 雙方充滿強烈敵意的眼神，Rider 好像有些困窘似地咕噥了一聲，骨節突起的拳頭按在自己的太陽穴上搓揉。動作雖然看起來讓人覺得逗趣，但是卻一點都不減他威風凜凜的態度，真是一個存在感極為特殊的人。

「……待遇可以再商量喔？」

「「囉唆！」」

Rider 還想要提出意見，試圖籠絡兩人。Saber 與 Lancer 則是異口同聲拒絕。

Saber 更是不悅地補充說道：

「再說我也是一國之主，肩負著整個大不列顛。任憑你這大帝再偉大，我也不可能投靠在你麾下。」

「喔？妳說妳是不列顛之王？」

Rider 似乎對 Saber 的發言非常有興趣，誇張地揚起眉毛。

「真讓人驚訝，沒想到大名鼎鼎的騎士王竟然是這樣一位小姑娘。」

「——嘗嘗這位小姑娘的一劍如何？征服王。」

Saber沉聲說道，手中長劍擺出架勢。雖然左手還是沒有握力，只是用四隻手指搭在劍柄上。但是劍身上散發出的鬥氣比對抗Lancer時更加強烈。Rider皺起眉頭，深深嘆口氣。

「交涉決裂啊。真是可惜，實在太讓人遺憾了。」

Rider喃喃說道，低下頭來，眼神正好與他腳邊向上看的怨恨視線對個正著。

「Ri、derrrrrrrrrrr……」

因為額頭高高腫起的疼痛，以及更甚於額頭疼痛的淒涼與怨懟，讓韋伯的語調極為低沉而嘶啞。

「看你現在要怎麼辦啦。說什麼征服不征服，結果還不是搞得人人喊打……難不成你真的以為可以把Saber和Lancer收為手下嗎？」

巨漢從靈放聲大笑，對自己召主的質問一笑置之，一點歉疚之意都沒有。

「這個嘛，不是有人說『凡事都要勇於嘗試』嗎？」

「因為『凡事都要勇於嘗試』，所以你就自曝真名嗎!?」

惱怒至極的韋伯一邊用無縛雞之力的兩隻拳頭砰砰連續敲打昂然挺立的Rider胸甲，一邊抽著鼻子啜泣。看著眼前這讓人鼻酸的一幕，愛莉斯菲爾的心中感到一種既不是輕蔑也不是同情，難以言喻的尷尬感覺。

這樣莫名的舒緩氣氛——

『是嗎？原來竟然是你……』

——因為一道如同來自地獄深處般的怨恨聲音又再次凍結。

說話的是現在還隱而未出的 Lancer 召主。那個男人，抑或是女人自從催促自己的從靈使用寶具之後便不再說話，靜靜地觀戰。此時又突然開口，不知道有什麼企圖。而且口氣與剛才截然不同，語調中充滿赤裸裸的憎恨之意，讓人一聽就知道其中必有隱情。

『我還在想你究竟吃了什麼熊心豹子膽，膽敢偷走我的聖遺物……沒想到你竟然是打著自己參加聖杯戰爭的主意啊。韋伯．費爾維特先生。』

韋伯聽到這充滿怨恨語氣的聲音呼喚自己的姓名，終於發覺對方憎惡的對象是自己。不只如此，他也察覺那道聲音的主人是誰。

「啊……嗚……」

他之前怎麼都沒有想到。那個人的地位能夠在時鐘塔擔任講師，就算伊斯坎達爾的斗篷遭竊，之後當然還是可以拿到其他英靈的聖遺物不是嗎？這樣一來，那個男人自然一定會成為韋伯的仇敵，來到冬木市出現在他面前。

『遺憾哪，委實讓人感到遺憾。我很希望自己可愛的學生可以過得幸福快樂呢。韋伯，像你這樣的庸才本來可以像個庸才一樣，過著凡庸而和平的人生啊。』

那道聲音為幻術所混淆，不知出自何處。可是韋伯已經又重新回憶起那股以前他體會過好幾次的反胃感——講師肯尼斯・艾梅羅伊・亞奇波特那張冷峻的白細臉孔，還有藍色眼眸帶著侮蔑與憐憫的眼神由頭頂上俯視自己的感覺。

韋伯很想回兩句機伶的場面話嘲諷他。自己已經捷足先登，成功讓英靈伊斯坎達爾成為自己的從靈了。這不是替自己長久以來在時鐘塔受的屈辱痛痛快快地報了一箭之仇嗎？

沒錯。他們已經不是導師與學生的關係了，現在那傢伙是真正不折不扣的敵人。韋伯可以盡量恨他，甚至還可以光明正大地要了他的命。

可是——對對方來說亦是如此。

韋伯在時鐘塔度過的幾個年頭當中，無時無刻不對那位傲慢的講師感到痛恨，有幾次甚至想動手殺人——但是相反的，這卻是他第一次面對對方的敵意。少年現在初次體會到魔術師真正帶著殺意的眼神是什麼感覺。

那個說話的人很敏銳地看出韋伯因為恐懼而渾身僵硬。他用一抹冰冷地叫人毛骨悚然的溫柔語調，以嘲諷的語氣繼續說道：

『真是拿你沒辦法啊，韋伯先生。我就特別為你開一堂課外教學吧。我會把魔術師彼此殘殺的真正意義——那種恐怖與痛苦徹徹底底傳授給你。你應該要覺得很光榮。』

事實上，韋伯早就已經嚇得動彈不得了，他甚至沒有多餘心力感覺對方在羞辱他。

真正的魔術師所代表的意義就是看破死亡……韋伯以往只是在字面上知道這條大原則，現在他終於親身體會到了。那個男人不知從何處投射而來的視線就是這樣地恐怖而凶狠。韋伯從來都不知道，魔術師心中的殺意竟然是如此決絕的「死亡宣言」。

就在此時，一股強而有力的暖意摟住了少年獨自忍受著恐懼而不停顫抖的細瘦肩膀。

韋伯自己也對這堅實、龐大又溫暖的觸感吃了一驚。巨漢從靈的這隻巨靈大掌——對身材矮小的召主來說，這五隻骨節突出的粗壯手指，原本只會讓他感到畏懼而已。

「喂，魔術師。照這樣聽起來，你原本好像想要代替這小子當朕的召主是吧。」

Rider對著不知藏身於何處的Lancer之主叫喚道。接著他的表情突然一歪，露出狡獪的憐憫笑容。

「如果真是這樣的話，那可就笑掉別人大牙啦。能夠成為朕之召主的人必須是與朕並肩馳騁於戰場上的勇敢男子漢。就連露出真面目都不敢的膽小鬼豈夠資格擔任朕的召主？」

『……』

在一陣無言的沉默之下，只有無形之人的怒氣在夜晚的氛圍中傳開。Rider縱聲大笑，這次對著無人的夜空，提高音量大聲喊道：

「喂！還有其他人隱藏在黑暗中偷看吧！」

Saber與Lancer聽見他的話都露出詫異的表情。

「……這是怎麼一回事，Rider？」

Saber問道。征服王則是帶著滿臉笑容，對她豎起大拇指。

「Saber，還有Lancer啊，汝等光明正大的對決著實精彩萬分，汝等的戰鬥打得如此精彩激昂，被吸引出來的英靈想必不會只有朕一人吧。」

愛莉斯菲爾心中一直擔心是不是藏身在某處的切嗣被發現了，不過看來Rider的意思只是在說從靈而已。Rider再一次用響徹天際的嗓門對著周圍大聲呼喚。

「丟臉，真是丟臉哪！諸位齊聚在冬木的英雄豪傑們。看到Saber與Lancer在此所展露的豪邁氣概，難道你們膽敢說連一點感覺都沒有嗎？雖然諸位各自擁有值得驕傲的真名，可是如果從頭到尾只是鬼鬼祟祟地躲起來偷看的話，那也不過只是懦夫一名而已，還算得上哪門子英靈!?」

Rider語畢又是一陣豪爽的大笑。然後他稍微側著脖子，露出冷笑，用極為挑釁的眼神環視四周。

「現在！受聖杯所選召的英靈全部到這裡集合。如果還有哪個懦夫不敢露面，他就要接受征服王伊斯坎達爾的輕視！」

Rider熱力四射的演說甚至傳到貨櫃集散場，連利用夜視瞄準器觀看一切的切嗣都聽得一清二楚。想必在相反方位監視的舞彌一定也聽見了吧。

太古英雄的思考迴路遠遠超出切嗣的理解之外，他已經想嘆氣都嘆不出來了。

「……世界竟然曾經幾乎被那種笨蛋給征服嗎？」

『……』

在通話器彼端的舞彌似乎也是無言以對。

言峰綺禮坐鎮在遙遠彼方的冬木教會中，經由隱身於暗處的Assassin的視覺與聽覺監視現場狀況。他也和切嗣與舞彌相同，看見、聽見了Rider的一言一行。綺禮將自己見聞的所有詳細情況經由身旁的寶石通訊機轉述給遠坂時臣知道。

『……這下糟了。』

來自遠方遠坂家的言語從黃銅製的喇叭中傳出，話語中帶著苦澀的語氣。雖然明知說話的人不在眼前，綺禮還是忍不住皺眉頷首。

「的確糟糕。」

時臣和綺禮兩人無法像切嗣一樣對Rider的發言嗤之以鼻。那是因為他們心中都知道有一位英靈偏偏對這種激將法絕對不可能充耳不聞。

-153:53:08

在Rider咆哮了一陣之後，緊接著出現一道金黃色的光芒。

那道刺眼的金光雖然有一點嚇到眾人——但是在場所有人心中都已經不覺得驚訝了。不消說，現在現身的人一定就是受到Rider的挑釁而出面的第四位從靈。讓眾人覺得可怕的，反而是在這場聖杯戰爭剛揭幕的首戰當中，竟然就有四名從靈齊聚在一起。已經沒有任何一個人能夠預測接下來事態會如何發展。

金色光芒最終降臨在離地十餘公尺高的路燈頂端，化為一道身披閃耀盔甲的挺拔人影。看到那人絢爛耀眼的容貌，韋伯忍不住倒抽一口氣。

「那個人是……」

雖然之前看到他的時候只有短短一瞬間，但是那人的存在感如此強烈，韋伯不可能認錯人。悠然挺立在挑高路燈上的人就是昨天晚上展現出壓倒性破壞力，將入侵遠坂家的Assassin葬送在黑暗中的神祕從靈。

包裹住全身的重裝盔甲看起來不像是Caster的打扮，而且如果他是回應Rider的呼喚而出現的話，就證明他具有足夠的理智能夠將挑釁言語視為一種挑釁，也就是說他不是沒有理性的 Berserker。

這麼一來利用消去法一算，剩下來的就是三大騎士職別中的最後一人——Archer。

「沒想到一個晚上竟然會冒出兩個無恥之徒，無視於本王的存在而自稱為『王』。」

金黃色的英靈開口第一句話就面露極為不悅的冷笑，鄙夷地睥睨著底下正在對峙的三位從靈。傲慢的態度與口吻和征服王相仿，但是卻又完全不同。征服王的聲音以及眼神沒有他那麼冷酷無情。

Rider 似乎也沒有料到竟然會出現一個比自己還要咄咄逼人的對手，好像有些驚訝，困惑地搔搔下顎。

「這可真讓人為難了……朕伊斯坎達爾正是舉世皆知的征服王沒錯啊。」

「愚蠢之徒。天上天下唯有本王一人才是真正的王者英雄，其他人都只不過是一群烏合雜種而已。」

Archer 淡淡地撂下這段極其藐視他人的宣言，就連 Saber 聽到這句話都臉色大變；但是 Rider 卻頗寬容，聽過之後沒有什麼反應，只是無奈地嘆了一口氣。

「既然你把別人說得這麼難聽，那就先報上名來如何？如果你也是一國之君的話，應該不會不敢說出自己的威名吧。」

Rider 半開玩笑地回嘴說道。Archer 鮮紅雙眸中的狂傲怒意越來越盛，瞪視著眼下的彪形大漢。

「你這是在問話嗎？卑賤雜種竟敢對本王問話？」

只要依照常理判斷，任誰就會覺得 Rider 說的話應該比較有道理。不過從 Archer 的觀點來看，這樣似乎就是大大地不敬。金黃色的英靈開始散發出赤裸裸的殺意，他的反應顯然與試圖隱藏真名的算計行為無關，單純只是來自於情緒化的暴躁個性。

「有幸拜謁本王，竟然還敢說不識本王的尊容。此等蒙昧之輩不值得留命在這世上。」

Archer 說完，在他左右的空間油然生出如同海市蜃樓般的歪曲——下一秒鐘，雪亮的兵刃忽然出現在虛空當中。

那是一把沒有劍鞘的劍與一柄長槍，兩件武器的裝飾都美麗地動人心魄。非但如此，它們還釋放出難以掩飾的強烈魔力，顯然這些兵器不是一般的武具，而是寶具。

昨天晚上曾經在遠坂邸監視的人全都明白，這正是昨天晚上發生的怪異狀況——徹底壓制 Assassin，並將其抹殺的奇異攻擊再次重現。

「……！」

韋伯感到萬分恐懼，不見人影的 Lancer 召主則是為之屏息。在遠方監視的切嗣與舞彌同樣也緊張地渾身緊繃。

然而還有一名男子——有一名召主與Rider和韋伯相同，從白天起就一直在追蹤Lancer的動向，藏身在倉庫街觀察事態演變。此時他同樣也正藉由使魔的視覺窺看戰況，凝視Archer奇異的攻擊形式。

沒錯，完全一模一樣。那個Archer就是昨晚保護遠坂家免於遭受Assassin入侵的黃金英靈，換句話說，他一定就是遠坂時臣的英靈。

「哈哈，哈哈哈哈。」

間桐雁夜在黑暗中發出笑聲，往年的憎恨讓他的獨眼充滿血絲。

期盼已久的時刻終於來臨了。在這整整一年的人間地獄中，他就是夢想著這一刻才撐過來的。

遠坂時臣……

那個男人身為葵的丈夫、身為櫻的父親，但是卻踐踏了那對母女的幸福。

間桐雁夜與他仇深似海。他得到了雁夜渴望的一切，卻又棄之如敝屣。再怎麼恨他、再怎麼詛咒他都難以平復雁夜心中的怨恨。

這次一定要將長年以來的新仇舊恨一次算清。將心中翻騰的仇恨化為刀刃，向那個男人挑戰的時刻終於來了——

「殺……」

將怒恨化為言語說出口真是一種超出想像的快意。雁夜此時第一次知道，熾烈至極的憎惡就和喜悅的感覺一樣甘美。

時臣本人之後再解決就可以了。首先將他的從靈粉身碎骨，讓那個可恨的魔術師從聖杯戰爭中淘汰出局。雁夜光是想像到時臣的臉上充滿挫敗屈辱的表情，令人瘋狂的亢奮感就從他體內最深處翻湧而出。

「殺掉他，Berserker！讓那個Archer死無全屍!!」

這時候，沒有一個人料到竟然會有一股魔力奔流，從意想不到的地方轟然爆發。在現場所有人驚訝的目光注視之下，翻騰的魔力逐漸凝固成形，化成一道身形壯碩的人影。

那道影子站在Saber與Lancer戰鬥的四線車道往海邊方向再過去兩條街的地方——沒錯，那異樣的外表只能用「影子」兩個字來形容。

「男子」高大健壯的身軀全部都包裹在鎧甲之中，一點空隙都沒有。可是又與Saber身穿的白銀鎧甲或是Archer奢華的黃金裝扮完全不同。那名男子身穿黑色鎧甲，既沒有精緻的裝飾，也沒有磨亮的光澤。只有如同無際黑暗、無底深淵般深邃的黝黑。就連臉部都被鋼硬的面罩覆蓋，無法窺見。唯一有的就只是在面罩上鑿穿的隙縫深處，一雙如烈焰般灼灼燃燒的雙眼所綻放出的詭異神采。

那肯定是一名從靈沒錯，但那種邪氣騰騰的模樣究竟是何方英靈？

已然現身的從靈各自都有屬於自己的「光輝」，但是那位黑色騎士身上卻完全找不到這種要素。阿爾特利亞、迪爾穆德、征服王伊斯坎達爾以及現在還不知名號的黃金從靈身上都有屬於自己的獨特「風采」，展現出他們身為英靈的驕傲。這種榮耀稱之為「傳說」，是集合眾人的讚賞與憧憬所凝聚出來，也是讓他們成為「尊貴幻想(Noble Phantasm)」的必要元素。

可是在那位剛現身的黑騎士身上卻沒有這種元素，真要說的話可能與Assassin比較相近吧。在那身黑色盔甲的周圍環繞的黑暗，完全是一種「負的波動」。

那麼那個人應該不是英靈，而是某種怨靈吧……

「……喂，征服王。怎麼你不去邀請他加入嗎？」

Lancer不敢有一絲大意，雙眼緊盯著黑色騎士。唯有說話口氣不改輕佻，揶揄Rider。受到捉弄的Rider皺起臉。

「就算我想去邀他，可是那傢伙看起來好像打一開始就沒什麼餘地好談啊。」

從黑色騎士身上散發出來的，只有無窮無盡的殺氣。就連魔力產生的旋風彷彿都像是怨嘆的呻吟聲一般邪氣四射。

Berserker……每個人都直覺地知道那就是Berserker，連問都不用問。那麼凶惡的殺氣波動，除了狂亂的英靈之座之外不做他想。

「喂，小子啊，那玩意兒的從靈能力如何？」

Rider如此問道，不過矮小的召主只是傻呼呼地搖搖頭。

「……不知道，我完全搞不清楚。」

「什麼？你好歹也算是個召主吧。應該『看得見』他哪些能力強、哪些能力弱不是嗎？嗄？」

魔術師一旦與英靈締結契約，成為召主的話，就會被賦予「讀取」從靈能力的透視力。這是由召喚英靈的聖杯所賜予召主獨有的特殊能力。像愛莉斯菲爾這樣的代理召主雖然沒有這種能力，但是身為Rider正規召主的韋伯可以把其他從靈的能力偏差值與Rider的能力作比較，研擬戰略讓戰況更有利。現在韋伯已經透視過眼前Saber、Lancer以及Archer，也掌握了他們能力值。但是——

「我看不見啦！那個黑衣人明明就是從靈沒錯……可是不管能力值還是其他什麼資訊，我完全看不到！」

Rider見韋伯說得如此狼狽，狐疑地皺起眉頭，再次凝視黑衣騎士。

黑色的甲冑看起來平凡無奇，沒有一點個性特徵，也沒有任何表現穿戴者身分的線索——不對，他越注意看反而越覺得細處模糊不清，漸漸變得難以辨認。

不只是Rider，就連Saber、Lancer，以及在一旁觀戰的愛莉斯菲爾都發覺了。不管再怎麼凝神觀察，都無法正確地看清楚Berserker的外貌。

黑色甲冑就好像失焦的影像一般，輪廓總是模模糊糊、朦朦朧朧。有時候看起來甚至分成二、三道影子一樣。看來那似乎是某種幻覺，不只是視覺，甚至連召主的透視能力都受到幻覺的影響。那位英靈應該帶有某種特殊能力或是詛咒，能夠迷幻敵人，隱藏自己的來歷。至少Berserker的職別技能當中沒有這種能力。

「那個人似乎也是個麻煩的敵人……」

Saber點頭回應愛莉斯菲爾的低語。

「不只是他。現在我們要對抗四個人，已經不能輕舉妄動了。」

說到大混戰的金科玉律，最有效的戰術就是全員齊力消滅最弱的一方。所以如果在此時露出破綻，最糟的情況就是可能被迫面臨以一敵四的絕望戰鬥。如果事態演變至此，就算是Saber恐怕也沒有勝算。

誰會對誰展開攻勢，又有誰會趁這個機會搶便宜——唯有正確判斷所有敵人的動向，才能活著離開這裡，這一點對在場任何一位英靈來說都是一樣。

對Saber與Lancer來說，彼此雙方是目前最主要的敵人。一旦賭上尊嚴，兵刃相交過後，不管遇上任何事情都要以這場決鬥為優先，可是這畢竟是指在沒有後顧之憂，能夠一對一進行公平戰鬥的狀況。現在這裡有這麼多礙事者，這場決鬥也只能延後了。

Rider現在還沒有明確地把某位特定對象當成目標。目前他的目的應該是想要好好品評參加這次聖杯戰爭的英靈吧。不過既然敢大膽出面，想必他已經準備好迎接其他人的挑戰了。

Archer明顯對Rider與Saber深具敵意。對這名黃金英靈來說，Rider與Saber分別自稱為『征服王』以及『騎士王』似乎讓他相當憤怒。特別是出言挑釁的Rider應該是他最優先的獵物。

問題是還有一個人。

那就是Berserker。沒有人可以判斷得出來這名看起來相當詭異的黑衣騎士出現在場上究竟有什麼意圖？現場情況本來就已經混亂得難以收拾，只要是有點腦筋的召主，都不會把英靈派出來蹚渾水，參加這場毫無戰略可言的大混戰。

因此所有人都懷著相同的疑心以及戒心注視著Berserker。可是這裡卻也有一個例外，唯有Archer火紅的雙眸沒有一絲疑慮與迷惑，含著純粹的怒氣以及殺意，俯視下方的Berserker。

黃金英靈已經知道黑衣騎士懾人的凝視，只射向佇立在街燈上的他一個人而已。

「誰准許你直視本王？下賤的狂犬……」

卑賤之人就連視線都是卑賤而汙穢。受到這種眼神的注視，對高貴之人是一種難以忍受的屈辱。現在對Archer來說，和僭稱為王的Rider相比之下，不知禮數的Berserker更是十惡不赦的罪人。

漂浮在他左右的寶劍與寶槍緩緩掉頭轉換方向，鋒尖對準變成首要狙殺對象的Berserker。

「雜種。至少死得好看點，娛樂本王吧。」

Archer的冷徹宣言一出，槍與劍在空中飆射而出。

碰也不碰一下就能射出這些不知從何而來的武器——這就是這位黃金的英靈之所以成為弓兵的原因吧。但是他對待寶具的方式實在太過隨便，粗暴的投擲方式簡直就像丟石頭一樣，把英靈最重要的寶具任意亂扔亂砸。

雖然如此，他的攻擊破壞力還是極為強大。路面好像遭到爆破一般翻起，破碎成屑塊的柏油化為粉塵遮住視線。

「……！」

全部的人都為之屏息。

黑色的修長身影從朦朧的粉塵當中隱隱浮現。

Berserker還活著。在他稍微移開的腳邊，路面被深深挖出一個隕石坑形狀的大洞。這是Archer射出的槍劍當中，飛得稍慢的長槍偏離目標所造成的結果。然而應該比長槍還要更早擊中目標的長劍卻沒有造成任何破壞。

那是因為那把劍現在正握在Berserker的手中。

究竟有幾個人看清楚這場以神速展開的攻防戰？至少愛莉斯菲爾與韋伯就連發生什麼事情都不知道。

實際的狀況是——Berserker輕而易舉地將Archer第一次攻擊射來的寶劍抓在手中，就這麼利用剛獲得的武器將第二擊的長槍擋開。

「……那傢伙，他真的是Berserker嗎？」

Lancer緊張地低聲說道，Rider則是咕噥著回應道：

「就一個失去理性的瘋子來說，他的技藝可真是高超哪。」

寶具是專為了使用者英靈而特別強化的專用武器，就算其他英靈拿在手中也無法完全展現威力。再怎麼樣都不可能發揮那種精妙絕倫的劍技，巧妙地將剎那間緊接而來的追擊打飛。

不過對Archer來說，他心中的忿怒似乎更甚於寶具被奪的驚訝。俊俏的美貌因為極度冷峻的殺意而凍結，失去所有的表情。

「——竟然膽敢用那雙汙穢的手碰觸本王的寶物……這麼想死嗎？狗!!」

Archer 身邊再次發出閃耀光輝。又有一批新的寶具有如聖者的光環一般，在黃金英靈的尊容周圍展開——數量共有一六把。

不只是劍與槍，還有斧頭、鋼鎚以及長矛。當中甚至有一些不曉得用途以及來歷的奇形兵器。

所有武器都磨得像鏡子一樣雪亮，而且還蘊含著強大的魔力。每一件武器都代表一種神祕的體現，毫不遜色……它們全都是真正的寶具，沒有一件例外。

「這……怎麼可能……」

韋伯忍不住開口說道，其他的英靈或是召主心裡也都有同樣的感覺吧。

英靈的寶具不見得只有一種。有時候確實會有一些人身懷三、四種相當於寶具的超級兵器。可是就算有再多武器，三、四種也已經是極限了。

而那全身金黃色裝束的 Archer 卻好像擁有無窮無盡的裝備，接二連三地拔出寶具，用完就丟。況且從昨天晚上對付 Assassin 的戰鬥開始算起，沒有一件武器是相同的。

「來吧！就讓本王看看憑你那雙不乾不淨的髒手，究竟能撐到什麼時候！」

在Archer的一聲令下，漂浮在半空中的寶具群一起往Berserker衝殺過去。

轟隆聲響震撼大氣，爆炸的閃光幾乎一掃黑暗，照亮了夜空。

究竟有誰會相信光是投擲刀劍之類的武器會有這麼強大的破壞力？無數的寶具如大雨一般灑落在倉庫街的街道上，讓街道像是遭到地毯式轟炸般毀壞，慘不忍睹。

但是Archer的猛攻還是不見停歇。寶具如落雷般轟下，好像是要把Berserker站立之處連同整個街區一同消滅殆盡，一擊接著一擊連番猛攻。攻勢非但沒有間斷，反而漸趨激烈——原因是因為他的目標Berserker到現在還依然不見敗象，屹立不搖。

所有人都看得目不轉睛，大感驚訝。就連置身於以一對多的戰場，情勢即將一觸即發的危機感在此時都已經被眾人遺忘了。

這完全是重現第一波攻擊的狀況。Berserker用空著的左手攫住了最先飛來的長矛，之後舉起長矛，連同右手的鋼劍一起舞動翻飛，將持續襲擊而來的寶具一一擊回。

這種技巧既精細又大膽，甚至可以用華麗一詞來形容。雖然寶具是從Archer那兒奪取來的，可是Berserker使用起來卻一點都沒有不順手的樣子，就好像是雙手的延伸一般自由自在。洗鍊的手法怎麼看都讓人覺得手中的武具就是他使用多年的慣用兵器。

攻守雙方都超乎常裡。

仔細一想，那位黃金弓兵與黑暗狂戰士的英靈與其他三人不同，他們的真名目前都還沒有揭穿，Saber與Lancer都對他們帶來的威脅感到戰慄。之後在前往聖杯的勝利之路上很有可能會與他們交鋒，但是面對如此超乎想像的怪物，他們要用什麼方法應付呢？

「——看來那個金色傢伙最有自信的就是寶具的數量。這樣的話，他與那個黑衣人的相性簡直是差到不能再差了。」

正當Saber與Lancer瞠目結舌，說不出話來的時候。Rider則是一個人擺出遊刃有餘的姿態，志得意滿地喃喃自語。

「黑衣人是武器越撿越強。還有那個金色的傢伙也是，像那樣沒頭沒腦地亂扔只會讓他越陷越深。真是愛鑽牛角尖哪。」

正如征服王冷靜的分析一般，Berserker面對Archer的寶具猛攻一步都不退讓。反而每當有更強寶具飛來的時候，他就會棄掉手中的兵器，抓住新武器，謹慎地一件一件替換。

伴隨著一陣特別強烈的巨響，十六件寶具中的最後一件武器被打落了。

在有如真空般的寂靜之下，只有Berserker一人站立在鋪天蓋地的塵埃當中。除此以外，倉庫、路燈以及周圍一帶的建築物全部都徹底毀壞。黑衣騎士的右手拿著戰斧，左手則握著單刃彎刀。剩下的寶具全部都散落在 Berserker 的腳邊，或是就這麼插在周邊的瓦礫堆中。沒有一支兵刃碰觸到那身黑色甲冑。

Berserker 驀然舉起手中剩下的兩支寶具——在沒有任何準備動作的情況下，就將寶具朝著 Archer 射去。

不知道是投得偏了，還是一開始就沒有射中的意圖，戰斧與彎刀擊中的是 Archer 腳下所站的街燈燈柱。彎刀擊中一半的地方，戰斧則是直接打中接近頂端的位置，將鐵柱像奶油一樣打得柔腸寸斷。

斷成三節的燈柱倒落地面，發出巨響。但是落地的只有燈柱。黃金英靈在鐵柱斷裂之前就已經翻身飛躍，若無其事地降落地面了。

「可惡的愚蠢之徒……竟然讓應當仰天瞻望的本王與你站在同樣的大地上！」

——不，看起來若無其事似乎只是旁人的感覺。

Archer 的忿怒至此終於到達頂點。雙眉間深深刻下的縱紋，讓他的美貌變得凶惡無比。

「此等不敬之舉，縱然萬死亦難辭其咎。你這個雜種，本王絕對要讓你灰飛煙滅！」

激憤之餘，Archer 看著 Berserker 的雙眼燃起熊熊怒火，大聲喝道。周邊的空間第三次產生扭曲，現出槍林劍雨……

接下來出現的寶具的光輝總數共三十二道，這次就連 Rider 都沉默不語了。

雖然 Berserker 最終還是接下了十六具寶具的連續攻擊，但是他一定想不到對方會使出數量更多出一倍的攻擊吧。這一點其他從靈也是一樣，已經沒有人能夠預測出 Archer 的潛力究竟到達何種程度。

『……基爾加梅修是認真的。他打算繼續解放「王之財寶（Gate Of Babylon）」。』

言峰綺禮經由寶石通訊機傳來的戰況報告，讓遠坂時臣大傷腦筋。

即使身處在遠坂宅邸的地下，與戰場的倉庫街相距遙遠，但是時臣還是能夠輕易掌握現場的狀況。操縱 Assassin 的綺禮與他之間的連動一如預期，發揮良好的效果。情勢應該非常完美才是。

如果要說唯一一件超出預期的要素，那就是他們所召喚出來的最強武力基爾加梅修偏偏是以 Archer 的職別現世。

強悍的寶具可以說是 Archer 職別的特徵所在，基爾加梅修擁有等級相當於ＥＸ級的超強寶具，聖杯把這個職別分配給他說不定確實是必然的選擇。結果是讓這位唯我獨尊的英雄王得到極為優異的單獨行動能力，這一點卻是天大的失算。

時臣相當尊敬英雄王基爾加梅修的威名，原本打算在可容許的範圍之內百分之百尊重他的意思。但是時臣萬萬沒想到這道容許界限這麼快就遭到挑戰……

基爾加梅修是時臣必須保留到最後才能動用的最終王牌。現在這段時期還是需要利用Assassin徹底進行偵蒐活動。他絕對不會坐視必殺寶具『王之祕寶』一再隨便發動，暴露在眾人的眼前——更何況是為了像Berserker那種來路不明的敵人而使出全力。

如果要管束具有單獨行動技能而不依賴召主的從靈，除了依靠令咒這種只有三次的絕對命令權之外別無他法。特別是當手下的從靈是基爾加梅修這種完全無心尊重召主的人，令咒就顯得更加寶貴。

無論何時何地都要保持舉止從容而優雅——這是遠坂家代代相傳的家訓。時臣一直將這條家訓銘記在心，可是卻沒想到自己竟然比其他召主更早面臨被迫消耗令咒的局面……

『導師，請您盡快做決定。』

通訊機的另一端傳來綺禮緊張的聲聲催促。

時臣的表情苦澀，凝視著右手的手背。

Archer 注視著 Berserker 的憎惡眼神忽然移開。

他的視線朝向東南方，那個方向是深山町的丘陵地以及高級住宅區。不曉得有多少人察覺到那裡正是遠坂宅邸的方向。

「以為憑你這種人的建言就能平息本王的忿怒嗎？你真是膽大包天哪，時臣……」

Archer 的嘴角吊起，露出怨恨的神情，不屑地沉聲說道。周圍展開的無數寶具光芒同時一斂，又不知道消失到哪裡去。

「……算你撿到一條命，狂犬。」

雖然 Archer 的表情仍然憤懣不平，但是鮮紅色的雙眸當中已經看不到殺意的火炎。一身金黃色裝束的 Archer 不改他的狂傲不羈，瞪視在場所有的從靈。

「你們這些雜種，下次見面前把廢物都淘汰掉。本王只想看到真正的英雄。」

最後撂下這句話之後，Archer 解除實體化。金黃色的甲冑喪失質感而消逝，只留下點點殘光。

黃金騎士與黑色騎士之間的對決，就這樣以眾人都料想不到的方式結束了。

「嗯，看來那傢伙的召主個性似乎不如 Archer 本人那麼堅毅。」

Rider 面露無奈神情，苦笑著大聲說道。但是其他每一個人都知道，現在不是輕鬆開玩笑的時候。危險性與 Archer 不分軒輊的 Berserker 現在還站在他們的面前。

面罩隙縫深處那雙茫然雙眸因為失去了最初的目標，在虛空當中隨處游移……然後又選出新的獵物，重新綻放出精光。

被那雙充滿著怨恨之意的眼眸盯上，Saber 覺得背脊有一陣冰冷的寒意爬過。

「……ur……」

這道聲音彷彿來自地底深處。那是一種災殃、一種詛咒，一種沒有任何語言意義的怨念呻吟。

這是在場所有人第一次聽見 Berserker 的聲音。

「……ar……er……!!」

黑色騎士就像是一道長有手腳的人型詛咒一般，全身漲滿殺意，朝白銀騎士王猛衝過去。

-153:50:22

從靈不只是在現實世界保持形體時要使用魔力，就連一舉手、一投足也同樣會消耗魔力。如果牽涉到戰鬥行為的話，消耗量更是增加數倍。這些活動用的魔力都會從魔術師的魔術迴路中吸出，供給從靈使用。

然而對於間桐雁夜來說，魔術迴路活性化所代表的意義就是刻印蟲啃食肉體，帶來有如地獄般的痛苦。

從靈變為靈體的話，魔力的耗費量就會降到最低。在這樣的狀態下，雁夜也只是時不時受到心悸或是暈眩所苦而已。

但是讓 Berserker 實體化之後的苦痛根本超乎他的想像。

在體內復甦的異物開始蠕動，噬肉啃骨。在雁夜體內成為擬似魔術迴路的刻印蟲不顧宿主雁夜有多少容許量，毫不留情地吸收魔力，悉數供給 Berserker。

身體內部逐漸被別的生物侵蝕、掠奪殆盡……這種感覺用痛苦兩個字來形容還不足以表現，恐怖和驚懼讓活生生被吞噬的劇痛更加強烈。

「嗚……嘎、嗚阿……!!」

雁夜藏身在暗處中，拚死命忍著不哀叫出聲，一邊用力搔抓喉嚨與胸口。皮膚被抓破滲出鮮血的同時，雙手的指甲也一片片斷裂剝落。

更淒慘的是狂戰士職別需要召主提供的魔力消耗比其他從靈更勝數倍。在召喚英靈的時候，臟硯強迫雁夜讓從靈瘋狂化，正是來自於那個毒辣老魔術師特有的變態嗜虐心。

那些蟲子啃咬背脊、那些蟲子融化神經。那些蟲子……那些在雁夜體內存活的成千上萬的蟲子蟲子蟲子蟲子蟲子蟲子蟲子……

「嘎啊啊啊……」

雁夜忍受不住而漏出的悲鳴只不過是沙啞的呻吟聲。劇痛哽在喉嚨中，沒有叫出聲來。他一邊啜泣，一邊繼續強忍體內翻攪的千萬道痛苦蹂躪。

雁夜已經無心觀看Archer與Berserker在外面路上展開的攻防戰。就連劇痛的狂潮逐漸退去的時候，他的思考能力也無法立刻回復，不了解發生了什麼事情。

「……呼……呼……」

雁夜一邊藉由急促的呼吸平息殘餘的痛楚，同時再度藉由使魔的視野觀察戰場狀況。現在還有三名從靈留在場上，已經不見Archer的身影。戰局進入短暫的休止時間。

打贏了嗎……？應該不是。可能是時臣判斷戰局不利於己，叫從靈撤退了吧。

面對展現出壓倒性實力的 Archer，雁夜的 Berserker 一點也不遜色。雁夜只花了一年就成事的急就章魔術，已經足以和遠坂家歷代磨練出來的魔術分庭抗禮了。

「……呼呼……哈哈哈……」

憔悴不堪，渾身無力的雁夜發出乾笑聲。

成功了。終於給那個傲慢的魔術師，給那些總是瞧不起雁夜這種平凡人的傢伙一點顏色瞧瞧了。雁夜在心中對時臣，對臟硯等人發出得意的嘲笑。

我不是喪家之犬，也不會再讓任何人說我是偷生螻蟻般的失敗者。我可以和你們一決勝負，可以讓你們畏懼，感到害怕……

今天晚上就到此為止，既然最痛恨的敵人 Archer 已經撤退，雁夜就沒有必要再忍痛繼續戰鬥，其他從靈就讓他們自己去殺個痛快吧。

正當他放鬆心情的時候，Berserker 正好選出 Saber 為下一個目標，往她直衝過去。因此最感到措手不及的不是別人，正是雁夜自己。

「住手……回來！給我回來，Berserker !!」

雁夜出聲叫喚，傳送念波。這種程度的簡單指令只要使用遠距離的念話應該就已經綽綽有餘了，但是黑色騎士完全沒有反應。因為 Berserker 的亢奮所耗費的魔力量反而讓原本已經快要沉靜下來的刻印蟲又全數一起活性化，劇痛再次開始折磨雁夜的肉體。

「Berserkerrrrrr！快住手!!」

極度的劇痛讓雁夜發出的呼喚聲幾近於慘嚎。他的精神已經沒有多餘的心力去動用令咒了。身陷痛苦的狂潮當中，雁夜只能使盡全力緊緊抓住逐漸遠去的意識，努力讓自己不要昏過去。

黑色騎士勢如瘋獸，一腳將柏油路踢個粉碎，朝著Saber一人疾衝，渾身發出川浪不息的黑色殺意。

Saber當然並沒有掉以輕心，她馬上握住劍，採取防禦姿勢。

「～～～～～～～～～～！」

伴隨著貼地滾滾而來的詭異氣息，Berserker舉起手中的「武器」朝Saber的腦門砸下來。

Saber雖然用無形之劍輕易擋下攻擊，但是當她看清楚自己擋下的武器之時，卻感到一陣錯愕。

那是一根鐵柱——剛才Archer還站在腳下，被Berserker砍倒在地的街燈燈柱殘骸。應該是黑色騎士一邊朝Saber衝來，一邊從腳邊撿起來的吧。

Berserker將斷成長度兩公尺以上的鐵塊當成長槍般用兩手握住，以破碑裂石的力道重重壓在Saber的劍上。但是讓人驚訝的事情不是他的強悍膂力，而是他手中的武器**只不過是一般的鐵塊**。

Saber隱藏在『風王結界』中的長劍可謂是寶劍中的寶劍，沒有其他武器能出其右的至高寶具。路邊隨處撿來的鐵塊哪能與這柄神劍對擊較量。

除了英靈的寶具之外，其他武器不可能有足夠的強度能夠像這樣與Saber的劍抗衡。但是……

「什……什麼？」

Saber一邊咬牙撐住，懷疑自己的眼睛是不是看錯了。

Berserker手中的鐵柱被染成黑色。黑色的線條如同葉脈一般纏繞在鐵柱上，此刻還在一點一點地繼續擴散侵蝕。

黑色線條的源頭是來自於Berserker的雙手。黑色線條從黑色籠手抓住的部位，如蛛網一般向整根鐵柱擴散開來。

那是Berserker的魔力——黑色騎士所特有的，被殺意和怨恨徹底汙染的魔力。那股魔力藉由Berserker的雙手滲透整根鐵柱。

「你……難道!?」

感到驚訝的同時，Saber 也察覺眼前這個狂戰士的寶具真相。

在一旁觀戰的 Lancer 與 Rider 也得到同樣的結論。

「……原來是這麼一回事。只要是那個黑衣人抓到的東西，不管是什麼都會變成**他的寶具**嗎？」

Rider 感佩萬分地低聲說道。英靈的寶具顯現時並不只限於有形的固有武器，也有一些類型的寶具會成為從靈本身所具備的「特殊能力」發揮效用。這個 Berserker 的寶具正好就是屬於這種類型。

但是這項能力真是太驚人了。先前 Berserker 將 Archer 投射出來的無數寶具直接搶奪下來，用起來如臂使指，現在終於明白他那一身驚人的技藝從何而來了。Archer 寶具的支配權在被 Berserker 的籠手抓住的那一瞬間就被黑色騎士奪走了。

不僅如此，就連平凡無奇的鐵塊一旦落入 Berserker 的手中都會帶有強大的魔力，足以和其他寶具對打。雖然看起來與剛才的黃金 Archer 意義不同，但是 Berserker 彷彿同樣也擁有用之不盡、取之不竭的寶具。

第二擊、第三擊——Berserker 使出剛烈的「槍法」對 Saber 進行猛攻。接戰的 Saber 只能全力防守，她搭在劍柄上的左手還是使不出力氣，Lancer 的『必滅黃薔薇』所造成的傷害在此時影響甚鉅。只能依賴一隻右手所施展出來的劍技十分不靈動，雖然藉由魔力放射的輔助勉強支撐應戰，但是氣勢凌人的 Berserker 如同怒海狂濤般連番攻擊，逼得 Saber 不得不全力防禦。她就這麼一直找不到機會反擊，漸漸趨於劣勢。

「Saber……！」

聽見愛莉斯菲爾急迫的聲音，騎士王的額頭上不知何時開始滲出焦躁的汗珠。

身在遠處觀戰的切嗣同樣也看出 Saber 處境堪危。但是憑切嗣現在的武裝，他根本無從介入從靈之間的戰鬥。

如果能夠找出 Berserker 之主的所在地，至少還有辦法應付……但就算動用兩支瞄準器，切嗣還是找不到對方人在哪裡。

「……舞彌，從妳那裡看得見 Berserker 的主人嗎？」

『不行，我找不到他。』

對講機另一方的回答讓切嗣皺起眉頭。切嗣與舞彌的位置互補彼此視野上的死角，這樣還找不到人，代表對方不在能夠對從靈直接下達指令的位置，選擇以隱藏自身行蹤為優先。

看來對方的個性似乎比 Lancer 的召主更加謹慎小心。對切嗣來說，比起那些做事半吊子的優秀魔術師，這種作風含蓄的對手才更難纏。

「糟糕了……」

現在的狀況不是 Saber 與 Berserker 的單挑決鬥，旁邊還有毫髮無傷的 Lancer 與 Rider 正在伺機而動。在弱肉強食的混戰當中處於明顯劣勢是最糟糕的情況，其他從靈的召主當然會這麼想——只要這時候助 Berserker 一臂之力，輕而易舉就能把 Saber 淘汰掉。之後如果還能把已經消耗魔力的 Berserker 收拾掉的話，就能來個一箭雙鵰。他們可以花費最少的力氣一口氣讓兩名敵人出局……

切嗣把手中的步槍朝向頭頂，再一次確認吊臂起重機上方。戴著骷髏面具的 Assassin 還是一樣蹲踞在那裡，隨便輕舉妄動很可能會讓切嗣自己沒命。

「……該死。」

切嗣雖然懊悔，但是現在他除了靜觀其變之外，沒有其他選擇。

只因為一隻手指不靈活就讓自己的劍失去鋒銳，Saber 感到心急如焚。

她當然明白自己現在身處的狀況有多麼危險。她必須把和 Berserker 之間的對戰局勢維持在五五波之間，這也是為了牽制在一旁的 Rider。如果在這種狀況下被別人趁虛而入的話——她沒有餘力能夠抵擋。

Berserker毫不留情，展現出狂亂英靈猙獰又猛烈的攻勢緊緊纏著Saber不放。接連不斷刺出的鐵柱「長槍」就如同野生獸性一般凶殘激烈，但是他的槍法卻精練而準確，已臻至絕頂高手的境界。

壓制住Saber的不只是Berserker逼人的氣勢。Saber雖然負傷，仍然還是最強的從靈，但是Berserker猛烈的連環攻擊絲毫不讓Saber有反擊的機會。而且他的武器雖然經過魔力強化，但也不過只是一根歪斜扭曲的鐵柱殘骸而已。

這個Berserker絕對不單單只是一頭沒有理性的瘋狗而已，他原本的英靈真身一定是相當程度的「高手」。在瘋狂化之後，手法竟然還是這麼精純，武藝絕對非同小可。

「你……到底是!?」

Saber驚訝的疑問當然沒有答案，黑色騎士挾著排山倒海的氣勢把鐵柱高高舉起。接下來這一擊將會相當威猛，力道之強彷彿要將Saber矮小的身軀連同她的防禦一同粉碎——

但是揮下來的鐵柱卻沒有擊中Saber。

長逾兩公尺的鐵柱被從中切斷，在空中飛舞。Berserker的擬似寶具堅固得足以和Saber的寶劍相互斬擊，一抹在黑暗中閃過的紅光卻像是斬瓜切菜似地輕鬆將它斷成兩截。

Lancer的背影出現在驚訝萬分的Saber面前，俊美絕倫的槍兵把剛才與自己敵對的騎士王護在身後，與眼前的Berserker對峙。

「惡作劇就到此為止了，Berserker。」

Lancer冷冷說道，右手的長槍──『破魔紅薔薇』的槍尖對準黑色騎士。他的紅色長槍能夠將交碰的寶具魔力抵銷，就算是受到Berserker黑色魔力侵蝕過的擬似寶具也和普通的鐵塊無異。

「這位Saber已經和我有約了……如果你還是執意要不識相地亂打岔，我可不會袖手旁觀喔。」

「Lancer……」

雖然身處於生死決鬥當中，Saber還是對Lancer的行為感動不已。這位槍兵英靈實踐心中自我尊嚴的方式，正與Saber所信奉的理念相同，忠於「騎士之道」。

但是現場並不是每一個人都認同這種崇高的情操。

『你在做什麼，Lancer？想要打倒Saber的話，現在不就是最好的時機嗎？』

無形的聲音冷酷地質問道，這抹聽起來極為不悅的聲音正好就是來自於Lancer的召主。可是 Lancer 卻意外地露出非常嚴肅的表情。

「我迪爾穆德．奧．德利暗以自己的榮耀發誓，一定會殺死 Saber！」

他對著虛空如此大聲說道。

「如果您下令的話，我一定會在您面前先將這隻瘋狗擊敗。吾主啊！至少請您讓我與 Saber 能夠堂堂正正地……」

『不准。』

Lancer 熱切的乞求被無情地打斷，他的召主以更加冷峻的口氣斷言道：

「Lancer，**我以令咒命令你**，協助 Berserker 殺掉 Saber。」

緊迫的氣氛當場凍結。

令咒是對從靈的絕對命令權，就算是再偉大的英靈也無法違逆令咒的命令。因此 Lancer 已經失去他的自由意志——

紅槍的槍頭掉轉，朝著 Saber 呼嘯而來。Saber 在千鈞一髮之際飛身退開，長短兩柄槍的槍尖先後從她的眼前破空劃過。

Lancer 驚人的槍法讓他尚未轉過身，左右兩柄槍就已經先朝著正後方的敵人刺出，如此出神入化的雙槍槍法正是 Lancer 的真本事。在他的鋒利槍尖上已經不留有一絲情面。

「Lancer……！」

Saber出聲叫喚，但是話說到一半就卡在喉嚨中，她看到Lancer轉過來面對自己的臉龐因為憤怒與屈辱而扭曲。那張悲憤至極的表情比任何辯解之詞都更充分道出英靈迪爾穆德心中的感受。

Lancer的身體受到令咒束縛，已經不聽他的使喚，只是一具名為從靈的冷酷機器裝置而已。英靈迪爾穆德練就的一身武藝以及能力將會無視他的信念，只為了完成召主至高無上的命令盡情發揮。同為英靈的Saber可以深刻體會那種悔恨之意。

在猛攻的Lancer身旁，Berserker又進步上前。即使情況有變，黑色騎士似乎還是只把目標放在Saber身上。Berserker這次把剛才被Lancer的紅槍打成兩截的鐵柱當作長劍使用，擺出中段架式，對準Saber的臉部。就算形狀有些不同，對這支寶具來說似乎沒有什麼影響。

無路可逃了。

如果左手沒有傷勢的話，或許還能找出一條生路，但是Saber現在光是對付Berserker一個人就已經使盡全力。這時候如果連Lancer都與她為敵的話，根本毫無勝算可言。

「……Saber……對不起……」

Lancer一邊發出痛苦的呻吟，一邊逐漸縮短與Saber之間的距離。雖然他的表情滿是羞憤，左右兩柄魔槍卻發出充滿殺氣的魔力，有如海市蜃樓一般暈騰而上。

站在Lancer身旁的黑色騎士依然不發一語，但是殺意波動的濃度更加倍增，朝著Saber步步進逼而來。鐵柱的斷片被黑色葉脈密密麻麻地包覆住，化為比普通長劍更為恐怖的異樣凶器，以圓鈍的尖端壓制住Saber。

Saber冷靜的眼神凝視著眼前這些絕命威脅，側目對愛莉斯菲爾使了個眼色。

「愛莉斯菲爾，這裡由我來頂著，妳趁這段時間……」

Saber進退維谷，她的思考已經轉向最極端的選擇。致命的危險狀況讓她不得不做出如此判斷。就算局勢再怎麼不利，至少一定要保護好愛莉斯菲爾，即使必須挺身犧牲生命……

「趁這段時間，請妳趕快離開，能走多遠就走多遠。」

Saber淡淡地建言道。她的真正意圖，愛莉斯菲爾當然了然於心。這位高貴的少女騎士想要以自身的性命為代價，替愛莉斯菲爾殺開一條生路。

愛莉斯菲爾毅然決然地搖頭拒絕。她一點也不想讓Saber在這裡送命。

「愛莉斯菲爾，拜託妳——」

「不要緊的，Saber。**相信妳的召主。**」

Saber 察覺這句話別有絃外之音，但是反而讓她面露困惑的表情。

——切嗣他，已經在這裡了嗎？

雖然 Saber 大感疑惑，但是實際上愛莉斯菲爾卻是深信不疑。

無論是她或是 Saber 到現在為止都沒有任何閃失。她們依照切嗣之前的吩咐，盛大又華麗地打了一場仗。現在 Saber 正是場上的焦點，所有人的目光都在關注這位身陷險境的嬌小騎士。

——所以，求求你。親愛的……

愛莉斯菲爾心無雜念，心心念念地祈求不知身在何處的丈夫協助。

衛宮切嗣並未感受到妻子的祈願，他只是冷靜地觀察情況，判斷自己應該如何行動。

最重要的是要保護愛莉斯菲爾這位「容器保管者」，既然 Saber 現在已經沒辦法守護她，那就沒有時間猶豫不決了。

「……舞彌，我數到零妳就攻擊 Assassin，進行牽制射擊。」

一絲緊張的氣息從對講機的另一頭飄過來，然後隨即傳來一聲『收到』的應答聲。

切嗣現在就要射殺 Lancer 的召主。唯有這個辦法才能解決現在的狀況。

上。

「──六」

切嗣一邊開始低聲讀秒，一邊將熱感應瞄準器的十字準心對準在 Lancer 的召主身上。

切嗣在改造這支 WA2000 狙擊槍，帶進日本之前，就已經在艾因茲柏恩城試射過。他已經掌握這支槍本身的特性，雖然還沒有檢驗槍枝與夜視系統的搭配性是否良好……這一點也只能相信舞彌的能力了。

「──五。」

根據舞彌的報告──瞄準器已經調整為以五百公尺距離為零點，也就是說十字準心與子彈彈道一致的位置是在距離槍口五百公尺遠的地點。

在長距離射擊當中，子彈並不是直線前進，而是畫出一個極為平緩的拋物線。也就是說當射擊目標的距離比歸零距離還要近的時候，著彈點就會由十字準心向上偏移。

Lancer 的召主距離切嗣大約三百公尺左右，他慎重地調整對準點。

「──四。」

Lancer 因為召主的令咒被迫做出違心之舉。雖然無法預測他在失去召主之後會有什麼反應，但是切嗣認為他應該不會繼續攻擊 Saber。如果最直接的威脅回到只有

Berserker 一人的話，Saber 就有能力想辦法帶愛莉斯菲爾離開。

剩下的問題就是切嗣本人的安全。事到如今，他也只好冒險在 Assassin 的腳邊開槍了。

「——三。」

切嗣要求舞彌配合他的時機一起開火，盡量分擔風險。以她手中AUG步槍所射出的 5.56mm Remington 高速子彈的威力，雖然無法傷害身為從靈的 Assassin。不過遭受到意外槍擊的 Assassin 說不定會因此忽略在自己身邊不遠處開槍的另一名狙擊手——這當然是極度樂觀的預測。

「——二。」

如果 Assassin 真的被誘騙上當，把舞彌當成敵人，處身位置夠遠的舞彌也很有希望能夠全身而退。說不定 Assassin 根本不會攻擊，選擇直接撤退，避免被其他召主發現自己的存在。

但是當這些可能性全部落空的時候，Assassin 就會攻擊位在自己腳邊不遠處的切嗣。屆時切嗣只好放膽與 Assassin 一搏。這和勝算多少無關，他別無選擇。

「——一。」

切嗣靜靜吐出一口氣，緩緩地扣緊扳機。Walther 的槍身文風不動，空洞的槍口對著目標傳送死亡的凝視眼神。

這時候現場爆出一陣震耳欲聾的巨響。

那不是舞彌AUG步槍的全自動射擊，也不是切嗣的狙擊。那陣衝擊聲極為震撼，幾乎足以搖動大地，這種小型槍開火的聲音根本比不上。

那是一道突然轟擊在戰場上的落雷，刺眼的閃光將黑夜化為白晝。另外還傳出一聲雄沉的咆哮，甚至蓋過落雷的聲音。

「AAAALaLaLaLaLaie!!」

閃電不是由天際擊落大地，而是橫向掃過地表。不——那看起來雖然像是一道閃電，其實是一輛雷光四射的戰車疾馳。

Lancer在危急之際翻身，及時閃開。但是把注意力完全放在Saber一個人身上的Berserker卻連回頭的時間都沒有。

Rider發出長嘯的同時，操使手中兩頭神牛的韁繩。神牛先用四隻前蹄將黑色騎士踢倒在地，接下來四隻後蹄狠狠地加以蹂躪一番。鐵蹄上帶著翻湧的紫雷電氣，光是一踢就已經是莫大的打擊，Berserker前後被踐踏了八回，必定受到致命的傷害。

Rider的戰車奔馳而過之後，只見身穿黑色甲冑的身影已經連站都站不起來，仰倒在地。

戰車緊急停車反轉回頭，Rider 俯視剛才輾殺的敵人，充滿昂然鬥志的表情一歪，露出笑容。

「──哦？這傢伙還挺硬骨頭的嘛。」

Berserker 還沒有斷氣。他一邊微微痙攣，一邊緩慢地撐起上半身。Rider 發覺黑色騎士雖然被神牛踩倒在地，還是勉強扭轉身軀，滾離戰車的路徑。Berserker 就是這樣勉強躲過車輪的蹂躪，免於遭受到最致命的打擊。

Rider 的寶具就在 Saber 鼻尖之前呼嘯而過，目睹那壓倒性的強大威力，讓她愕然無語。

『神威的車輪』……它的威力之強顯然不是對人寶具，而是抗軍寶具的程度。看得出來就連剛才那陣狂奔都已經是 Rider 手下留情。如果他有心的話，不但 Lancer 無法倖免，就連 Saber 自己也早已成為鐵蹄與車輪下的犧牲品了吧。

癱倒在地的 Berserker 無力地掙扎著想要站起來，可是他似乎知道自己受創甚深，無法繼續進行戰鬥。他慢慢停止動作之後，形體輪廓就這麼如同海市蜃樓一般漸漸變淡消失。Berserker 解除實體，化為靈體撤退了。

「好了……黑衣人就這樣把他請下臺啦──」

戰車上的 Rider 若無其事地扭動脖子，發出喀啦喀啦的聲響，然後朝著半空中喊道：

「Lancer 之主，朕不知道你躲在哪裡偷窺，但是不准用這種下三濫的手段玷汙騎士之間的決鬥……不過就算對你們這些魔術師說道理，大概也聽不進去吧。」

說完，巨漢從靈露出極為威猛的冷笑壓迫看不見的對手。

「叫 Lancer 撤退吧。如果你還要繼續讓他受辱的話，朕就會助 Saber 一臂之力，兩人合力把你的從靈消滅。你覺得如何？」

『……』

隱身魔術師的忿怒氣息籠罩這一帶，不過沒有維持多久。

『——撤退吧，Lancer。今天晚上……就到此為止。』

Lancer 聽見這句話，放心地舒了一口氣，放下長槍。

「感激不盡，征服王。」

聽見美貌槍兵的低聲道謝，Rider 咧嘴露出滿意的笑容。

「這沒什麼。朕這個人就是喜愛戰場上的美好事物。」

Lancer 再一次用眼神對 Rider 表達謝意，接著也對 Saber 點點頭。

不需要多餘的言語，雙方都知道彼此之間應該立下的誓言。Saber 同樣也對 Lancer頷首。

總有一天……再一決勝負。

確認過這件事之後，Lancer化為靈體，身形消失。

寂靜降臨在破壞狂嵐肆虐過後的戰場之上。

過了不久，之前彷彿已經被人遺忘的海浪拍打岩壁的聲音，以及遠方市街的喧囂開始輕輕震動夜晚的空氣，應該是Lancer的召主把張設在這一帶的結界解開了吧。

Saber用百感交集的眼神看著最後留下來的Rider。

「……結果你到底是來做什麼的？征服王。」

「這個嘛，朕不會去多想這種事。」

面對Saber的疑問，巨漢從靈好像覺得事不關己似的，態度平淡地聳聳肩。

「什麼理由、什麼企圖，這些擾人的麻煩事自然會有後世的歷史學家幫我們編出一套大道理。我們這些英雄只要隨心所欲、自由奔放地盡情縱馬奔馳就好了。」

「……真不敢相信一國之主竟然會說出這種話。」

Saber的口氣嚴肅，不高興地回應道。Saber一向遵奉廉潔的騎士道精神，她的信念與Rider狂放不羈的行動原理相去甚遠。

「哦，妳對朕的王道有意見嗎？哼，不過這也是必然的吧。」

Rider 嗤笑一聲，接受 Saber 挑釁的眼神。

「所有王道都是獨一無二的。身為王者的朕與身為王者的妳無法接納彼此也是無可厚非……總有一天朕會和妳徹底分個高下吧。」

「求之不得。要不然我們現在就在這裡……」

「好了好了，不要這麼緊張兮兮的。」

Rider 輕笑幾聲，用下顎指指 Saber 的左手。

「朕伊斯坎達爾絕對不會做出趁人之危取巧的事情。Saber，先去把妳和 Lancer 之間的因緣做個了斷吧。到時候不管是妳還是 Lancer，只要是打贏之後走到朕面前的人，朕都會奉陪到底。」

「……」

Saber 雖然很想回嘴，但是面對 Rider，左手拇指障礙的影響實在太大。這個英靈的戰鬥力能夠一擊打退 Berserker，絕對不容她小覷。

「騎士王，那就暫且後會有期了。下次見面的時候再讓朕好好體會熱血沸騰的感覺吧……喂，小子。你沒有幾句好聽的場面話可說嗎？」

Rider 這麼對韋伯說道，但是癱坐在 Rider 腳邊駕駛臺上的少年卻沒有回答。

Rider 抓住他的衣領舉起來一看，矮小的召主早就已經翻白眼昏過去了，看來 Rider

朝Berserker突擊時的氣魄太過強烈了。

「……這傢伙怎麼搞的，這麼沒精神。」

Rider嘆口氣，將自己的召主抱在腋下，拉扯兩頭神牛的轡繩。公牛發出嘶鳴聲的同時，放出陣陣雷氣，從蹄下散出閃電，朝向虛空飛去。

「再會啦！」

伴隨著轟雷聲響，Rider的戰車朝向南方天空奔馳而去。

愛莉斯菲爾總算擺脫緊張的氣氛，放心地吐了一口氣。她重新回顧四周，周邊一帶的破壞程度真可以說是淒慘無比。這也難怪，有多達五位從靈齊聚一堂，其中幾人還不留情地施展出寶具。

「過去有哪一場聖杯戰爭在剛開始就打得這麼激烈……」

破壞的痕跡不是愛莉斯菲爾要擔心的事情，隱藏聖杯戰爭的痕跡是聖堂教會的監督者要負擔的責任。教會一定會動員他們組織的力量，徹底掩飾這有如大地震造成的慘狀吧。

Saber默默凝視著Rider飛走的天空遠方，那張聰慧的側臉看不到從剛才那場死鬥中生還的興奮或是憔悴疲勞的神色。穿著白銀鎧甲的少女無語佇立在戰場上的凜然之姿就像是一幅畫，美麗而不可侵犯。

但是愛莉斯菲爾知道在 Saber 端正的姿態之下，她所受的傷是多麼深。

「Saber，妳的左腕——」

「是的，這是非常嚴重的失態。Rider 說的沒錯，如果不先和 Lancer 一決勝負，解除傷口上的詛咒的話，將來也會影響到和其他從靈之間的戰鬥。」

騎士王淡淡地說道，語氣當中完全不會讓愛莉斯菲爾感到操心。Saber 如此堅毅，反而讓愛莉斯菲爾心中更加不捨。

「……謝謝妳，Saber。多虧有妳，我才能活下來。」

愛莉斯菲爾低下頭說道。Saber 對她報以微笑。

「我能夠無後顧之憂地面對敵人戰鬥，都是因為背後有妳在啊。愛莉斯菲爾。」

愛莉斯菲爾再次深刻體會到 Saber 是多麼地堅強、剛毅以及溫柔。

雖然 Saber 看起來比自己小上一輪，外表只是個還沒長大的少女——身材這麼地嬌小，手腕又是這麼地纖細，但是她的身心都是一位完美的騎士、真正的英雄。

「勝負現在才開始，愛莉斯菲爾。今晚的局面只不過是之後一連串戰鬥的第一夜而已。」

「……是啊。」

「所有的對手都是強敵，從不同時代召來的諸位英雄……沒有一個人是易與之輩。」

Saber喃喃說道，語調當中沒有焦躁，也沒有畏懼。面對山雨欲來，戰士暗自振奮精神。這種激昂、這種熱血奔騰的感覺，不管在任何世界的任何時代都不會改變，正是身為英雄的精神證明。

注視著南方的夜空，少女低聲說道。

「這就是……聖杯戰爭。」

-153:41:36

這是一個被封閉在黑暗之中的空間。

那不是空洞的「黑暗」，而是濃縮到非常黏稠，腐爛到發出酸臭氣味，極為深邃的——昏黑。

血腥味濃密得讓人窒息，四處發出微弱無力的呻吟聲或是啜泣聲。從這些種種恐怖的氣息來看，這讓人伸手不見五指的黑暗帷幕，或許反而是一種善意的遮眼布也說不定。

在這一片黑暗當中，有一個圓形物體放出朦朧的光芒，就好像是從水底仰望的天上滿月一樣。

那是一顆皮球大小的水晶球，那看似朦朧的光源其實是水晶球中浮出的影像。

水晶球中的影像是一片斷垣殘壁、瓦礫成山的夜景，但是那不是原本就這般殘破。這片被毀壞殆盡的景觀在短短三十分鐘之前還是無人的寧靜倉庫街。遠望的水晶球把倉庫街展開的所有激烈戰鬥完完整整地呈現出來。

有兩個人目睹了一切，這兩個人在球體發出的微弱光芒映照下，各自露出不同的喜悅表情。

「——厲害，這真的是太猛了！」

其中一個人像個天真無邪的孩童一般，修長的雙眼中綻放出歡喜的光芒。他是享樂殺人鬼雨生龍之介。在一個如同天文數字般低的偶然之下，踏進了這個超常的世界。

「喂，藍鬍子老大。剛才那些全部都是真的吧？不是SFX也不是套招，是真的戰鬥對不對？真是棒呆了～～～～什麼PS遊戲根本完全不能比嘛！」

自從在一個偶然的機會中與Caster從靈締結契約之後，龍之介一直遭遇到一些與日常生活乖離的怪異狀況，但是他一向渴望得到刺激與歡樂，把那些異常的怪事全部當成無上的娛樂，毫不在意地照單全收。

「你說這叫做聖杯戰爭是嗎？老大你也參了一腳對吧？你也會和他們一樣那個嗎？在空中飛來飛去、然後發發光之類的？」

「……」

Caster沒有回答，熱情的眼神注視著水晶球。水晶球映照出來的小小夜晚風景裡，有一道嬌小的人影佇立其中。Caster好像失了魂一樣，雙眼直直盯著那道人影看。

從一開始監視倉庫街之戰的時候起，Caster就是這副德性。他不管召主龍之介怎麼興奮狂喜，也不理會其他從靈，從頭到尾只緊盯著某一個人，目光隨之移動。

那個纖細的身軀穿著白銀色的鎧甲，一頭金髮如同流動的砂金一般美麗動人。她是七位從靈之一，受召喚為劍士之座的英靈少女。

她的身材是所有人當中最矮小的，但是卻比任何人都還要剛毅勇敢、英姿煥發。無論面對如何困頓的逆境都毫不畏懼的身影讓 Caster 的目光從來沒有從她身上移開過。他也不可能移開。

因為那許久未見，讓人懷念不已的模樣，還有那張無比聖潔的高貴臉龐正是他穿越時空一直追求的幻影。

「……老大？」

Caster 一直默不作聲。龍之介看看他的臉，嚇了一大跳。

那張臉頰削瘦的蒼白異容，不知何時已經被源源不絕的淚水沾溼了。

「——實現了。」

Caster 自言自語說道，聲音因為過度激動而有些沙啞。

「全都……實現了。原本我還覺得懷疑……沒想到聖杯真的無所不能……」

「你說……實現了……什麼意思？」

龍之介不得不這麼問道。好像發生了一件讓 Caster 感到高興的天大好事，但是龍之介卻完全不知所以然。

「聖杯選擇了我啊！」

Caster不理會召主還是一臉莫名其妙，抓住龍之介的手用力擺動，就好像要與他分享自己的喜悅似的。

「我們連打都不用打就獲得勝利了。絕對沒錯，聖杯已經是屬於我們的了！」

「可是我……那個叫Saber的人，我根本連看也沒看過，碰都沒碰過啊？」

「這不是問題！」

Caster雙眼圓睜，口氣堅定地說道。他伸手指著水晶球中映出的少女。

「你看！她就是答案！那威風凜凜的容顏、莊嚴的神態……她就是我命運中的『處女』沒錯！」

龍之介皺眉，仔細打量水晶球內映照出的人影。那人穿著樣式古老的甲冑，不曉得是少年還是少女。不管是男是女，那個美麗的人打扮之奇特，在現代日本社會當中可一點都不輸給Caster。

「……你認識她？」

「沒錯。她正是我的光明；她正是我的指南針。是她給予我生命，為我的人生帶來意義……」

說著說著，Caster似乎又難忍激動之情，感動地哽咽，一邊還用雙手在頭上亂抓。

「從前被神遺棄，受盡屈辱而死的她——現在，終於再度復活了！這個奇蹟！如此偉大的奇蹟！如果不是我的願望實現，還會是什麼!?」

龍之介依然還是丈二金剛摸不著腦袋，只知道他敬愛的『藍鬍子』現在正High到不行。但是在兩人還不算久的交往時間當中，龍之介知道當『藍鬍子』像這樣「情緒High翻天」的時候，往往會展現出就連龍之介都驚訝不已、自嘆弗如的精彩表演。嶄新的侵害手法、虐待手法，還有最致命的殺人方法……龍之介尊奉為師長的這位怪人，簡直就是殘虐界的藝術大家。

就因為這樣，現在的狀況讓藍鬍子，也就是Caster這麼高興——無論究竟發生了什麼事情——龍之介認為對自己來說肯定也是一樁值得期待的好事。

「不曉得怎麼著，就連我都覺得越來越期待了耶，藍鬍子老大。」

「沒錯吧！就是這樣！」

Caster散著一頭亂髮又哭又笑，雙手抱住水晶球，把額頭抵在水晶球冰冷的表面上，充滿妄執之念的熱切眼神死盯著球體中浮現的少女面容。

「喔喔，『處女』，我的『聖處女』啊……我馬上就會到您的跟前迎接您。請您、請您再稍待片刻。」

如同蛇類吐息般溼黏的陰笑聲在黑暗中持續迴盪，久久不去。

×　×

看完了整場戰鬥的經過之後，言峰綺禮命令在現場監視的Assassin回來，切斷知覺共有。

從吊臂起重機上眺望的風景以及含著海潮氣味的晚風觸感從意識當中分離，綺禮的五感被拉回原本身處的教堂地下室裡。

璃正神父不知何時已經來到地下室裡，站在綺禮身旁。他剛才似乎也在專心聆聽綺禮對時臣報告的現場狀況。現在戰鬥已經結束，璃正神父為了完成表面上監督者的工作，立刻使用手機向別人傳達指令。

「——神明二丁目，對，就是濱海倉庫街。破壞範圍非常大……好，就這麼辦。就用城市游擊戰的說法去處理吧。按照D計畫執行，接下來就請你視現場的狀況做判斷。」

依照璃正的指示行動的聖堂教會人員，已經分散在冬木市各處待命。他們為了應付聖杯戰爭造成的各種麻煩狀況，在事前就已經做好了滴水不漏的萬全準備。

他們已經和警方以及自治團體仔細打過照應，倉庫街慘狀的事實將會被大大扭曲，以完全不同的風貌呈現在明天早上的早報當中。

綺禮側眼看著璃正為了指揮而忙碌奔走，在腦海中分析從今晚的戰鬥中得知的事實關係。

根據時臣的間諜先前帶來的情報，他已經知道時鐘塔的菁英魔術師艾梅羅伊爵士曾經一度取得聖遺物之後又遺失。但是伊斯坎達爾還是以騎兵從靈的身分參戰，而且看似是他召主的少年好像又與 Lancer 的召主有一段不淺的因緣。

也就是說，Lancer 的召主絕對是艾梅羅伊爵士沒錯。他的聖遺物被那名叫做韋伯的少年盜走之後，可能又另外取得與英靈迪爾穆德有關的物品。

間桐的術士召喚出 Berserker 這件事，間桐臟硯已經預先向擔任監督者的父親報告過了，所以綺禮與時臣當然也都知道。但是他們卻沒料到 Berserker 竟然是那麼厲害的從靈，那種奪取敵人寶具的怪異能力對時臣的基爾加梅修來說一定會成為其天敵。

如果要想辦法讓情況對時臣有利的話……首先要讓其他從靈消滅 Berserker。在這種情況下，Lancer 是很適合的人選。迪爾穆德施展的寶具『破魔紅薔薇』將是封鎖 Berserker 能力的決定性手段。

現在還是身分不明的 Caster 與他的召主到最後還是沒有現身，但是考慮到 Caster 職別的特性，這一點都不意外。Caster 以外的從靈除了 Berserker 之外，所有人的真名都已經揭曉了。而且最具威脅性的 Saber 與 Berserker 都已經身負重傷，特別是

Saber的傷勢勢必會對後續的狀況造成莫大影響。基爾加梅修在眾人面前大秀寶具雖然不是好事，但至少真名還沒有揭穿，另外Assassin還存活的事實也還沒有人發現。局勢依然對遠坂時臣的陣營十分有利。

綺禮冷靜地在腦中整理情報，但是他的心裡卻一點都不感到興奮。

一切很可能如同聖堂教會所希望的那樣，由遠坂時臣取得勝利吧。綺禮引導時臣獲勝的任務預料也沒有什麼大不了的障礙。這件任務就和以前一樣無聊，沒有任何一件事值得期待。這就是綺禮這三年時光的總結。

「——打擾了，綺禮大人。」

正當綺禮沉浸在乾澀無味的情緒中，有一道黑影無聲無息地出現在他身邊。那是一名戴著骷髏面罩的黑袍女人……和在倉庫街擔任斥候的Assassin不是同一人，她是另外一位Assassin。

「……什麼事？」

「是，我在教堂外發現一樣奇怪的東西，特來向您報告。」

Assassin一邊說，一邊恭敬地遞出某件事物，那是一隻頭部被扭斷的蝙蝠屍首。死後似乎沒過多久，現在還殘留著些許的體溫。

「——使魔嗎？」

「是的。雖然是在結界之外發現，不過我認為很明顯是有人派來監視這間教會的。」

「……」

真是怪事，這間教會在聖杯戰爭當中被界定為中立的不可侵犯領域。如果有人想要惡意干涉教會的話，甚至會被監督者處罰，削減令咒或是在一定時間之內禁止交戰。

應該沒有任何人有理由甘願冒這種險監視這間教會——除了一種假設的可能性。

如果有某位召主已經開始懷疑綺禮失去Assassin，接受教會庇祐的經過都是一場騙局的話，那又會如何？

「……」

綺禮從Assassin的手中撿起蝙蝠屍體，目光停留在一件更奇怪的東西上。

有一臺掌心大小的電子機械用帶子綁在蝙蝠的腹部上。有圓形電池，還有——這應該是無線CCD針孔攝影機。

如果這隻蝙蝠真是魔術師的使魔的話，這種組合真是再怪異不過。綺禮知道魔術師這種人有一種傾向，輕視且避諱使用世間一般科技技術，現在他拜在門下的時臣就是最典型的人物。不只借用使魔的視覺，還想利用機械裝置記錄影像的想法恐怕是普通魔術師所想不到的。

『——徹底不擇手段。絲毫沒有身為魔術師的驕傲——』

以前曾經從時臣那裡聽說的話語，如同一道驚雷一般劃過綺禮的腦海。

沒錯，如果對方雖然身為魔術師，卻把魔術視同一般電子儀器，只當成一種辦事手段看待的話——或許很有可能會在使魔身上動這種手腳。

綺禮花了很長的時間一直注視著這隻不知其意圖，也不知來歷的小動物屍體。比起今天晚上五位從靈的大亂鬥，這具屍體代表的意義更為深遠，在他的心中占據了一個位置。

× ×

抬起人孔蓋，向旁邊放——光是這樣簡單的動作就花了快要一個小時。這點小事對已經精疲力竭的間桐雁夜來說，是一件就算擠出最後一絲力氣都難如登天的沉重勞動。

鐵蓋終於打開了一條縫，外面清新的空氣流進下水道酸腐的臭氣中，雁夜這時總算稍微有一點重新回到人世間的感覺。他奮力擠出自己稍稍回復的一絲力氣，將鐵蓋向旁邊一推，像條毛蟲一樣拖著沉重的身軀爬出地表。外面的街道沒有一個人，在寧靜的夜晚當中，沒有人會對雁夜的模樣感到可疑。

這條小巷子雖然和剛才從靈們交戰的地方都是同一條倉庫街，但是和那條四線大道相隔了三條街之遙。

雁夜與其他召主不同，不過是個急就章的魔術師。什麼粗心大意、什麼驕傲等等的心態都與他無緣。就算他和其他人一樣與從靈一同上戰場，也沒有自信能夠和其他魔術師交手。再說他的從靈是Berserker，即使他想要就近給予戰略指示，Berserker也不可能會聽從控制。

所以他索性像扔炸彈一樣——把Berserker解放之後丟進敵軍陣營裡，讓他恣意發狂肆虐。雁夜認為自己應該以自保為優先，只要在安全的地方觀戰即可。

雁夜在白天發現Lancer的氣息之後開始追蹤，直到戰火在這座倉庫街掀起之後，他也盡量避不現身，只把臟硯所傳授的使魔『視蟲』派上戰場，自己則在遠處鑽進下水道，從地下接近戰場，監視戰況。

雁夜渾身無力的身軀仰躺在冰涼的柏油路上，花了一段時間，好不容易才讓紊亂的呼吸平復下來。

他渾身鮮血淋漓。全身的微血管到處破裂，從化膿裂開的皮膚汩汩滲流而出。

雁夜現在的狀況有如曝晒在放射線照射之下的末期重度患者。他的肉體在生物學上早就已經死透，瀕臨崩壞。讓他的身體在半死不活的狀況下繼續生存，還能像活人一樣活動的原因是由於觸手遍布雁夜全身的刻印蟲魔力。

雁夜也很難相信自己的身體竟然還能像這樣完整無缺。在供給魔力給 Berserker 的時候，他感覺自己全身的血肉都好像已經被蟲子貪嚼個精光，一塊都不剩了。

只經歷一次戰鬥就已經變成這副模樣。

驅使 Berserker 的負荷遠超出雁夜的想像，而且 Berserker 還完全不聽控制。那簡直就是一頭想要大啖血肉的飢餓猛獸，一旦把 Berserker 放出來，不把他眼中看到的一切盡數破壞，或是像這次這樣力量耗盡之前絕對不會罷休。剛才如果戰鬥繼續拖下去就真的完了，雁夜的身體會無法負荷超過極限的魔力消耗，完全被刻印蟲吃光。

對雁夜來說，從靈的戰鬥名副其實是一件生死交關的大事。如果不能在超過極限之前決定勝負，讓 Berserker 安靜下來的話，等著他的就只有自滅而已。

「…………」

想到未來自己將要面對好幾場戰鬥，雁夜的心情不禁黯然，嘆了一口氣。

這條打倒遠坂時臣的道路究竟有多遠？

在那之後，打倒全部的敵人走到聖杯之前又是多麼遙遠的路程？

可是唯有克服這所有的障礙才有可能拯救櫻。

雁夜只能繼續前進，絕對不能淘汰出局。即使要將最後一片血肉燃燒殆盡，他也絕對要達成目標。要不然的話，所有的一切都白費了。

雁夜鞭策自己極度衰弱、好像渾身都在發出悲鳴的身軀。雖然腳步搖擺不穩，但他還是站了起來。他不能一直躺在這裡。

Berserker 直接遭到 Rider 寶具的攻擊，傷害甚大，得花上好一段時間才能完全恢復。療傷所需要的魔力，想當然還是全部經由刻印蟲從雁夜身上搾取。

他需要好好休息一番。

雁夜勉強把站都站不穩的身體緊靠在巷子的牆壁上，腳步蹣跚地消失在夜色之中。

ACT.5

-150:39:43

冬木市有一條國道路線背對著城市的光明，自深山町更向西邊延伸而去。在道路的前方是一片尚未開發的深邃山林。這條國道一路上就這樣在靜謐的森林中蜿蜒蛇行，直到跨越縣境。

雖然這是一條雙線車道寬的道路，但是連路燈都稀稀落落的路上並沒有車輛往來。深夜零時的國道彷彿就像被遺忘在這片寧靜當中。

有一頭銀白色的野獸猛然劃破深夜的安寧，急速奔馳。

那是一輛Mercedes·Benz300SL Coupe。古典的柔美車體線條就像是一名高雅的貴婦人，然而直列六汽缸SOHC引擎的咆哮卻有如野獸的吼叫聲一般。

以超過時速一百公里的危險車速駕駛這輛高級古典車的——竟然是一位年少貴婦的纖纖細腕。

「妳看，妳看。這輛車的速度很快，對不對？」

愛莉斯菲爾手握著方向盤，滿臉得意的笑容。坐在副駕駛座的Saber只能緊張地勉強擠出不自然的笑臉，點頭答道：

「妳……妳的駕駛技術……比……想像中好呢……」

「對吧？別看我這樣，我可是苦練過的喔。」

愛莉斯菲爾說著，嬌叱一聲，隨手打檔。她的換檔動作非常粗魯，駕駛技術實在很難稱得上純熟。

「切嗣帶到艾因茲柏恩城中的玩具之中，我最喜歡的就是這個了。以前在城裡只能繞著中庭轉圈圈，我還是第一次在這麼寬敞的地方跑呢。感覺真是棒透了！」

「妳是說……玩具嗎？」

如果把雪橇或是自行車當成玩具看待的話，Saber當然不會有任何意見。但是一臺以時速超過一百公里的速度、在蜿蜒的夜路上奔馳的機械裝置，和這種稱呼實在不太相配。一般來說，像這種只要一個不小心就會遺恨終身的道具可不能當成玩具看待。

雖然這輛車已經是有四十年歷史的骨董車，但是2996CC排氣量的M198引擎的最高時速是設定在兩百六十公里。以這輛車的潛在能力來看，就連愛莉斯菲爾的瘋狂駕駛都只不過是牛刀小試而已。

聽說這輛車是衛宮切嗣為了讓愛莉斯菲爾與Saber在進入冬木市之後有代步工具使用，事先從艾因茲柏恩城運過來的。兩人從旅館的地下停車場領出這輛停放了半個多月的車，現在正往她們的據點，也就是艾因茲柏恩家的別邸前進。

「嗯？等一下，愛莉斯菲爾。妳從剛才到現在好像一直都走在道路的左邊？」

「啊，對耶。」

愛莉斯菲爾笑著點頭，好像自己犯的不過是個不值一哂的小錯。方向盤猛然一扭，立即變換車道。

因為愛莉斯菲爾打從出生以來從沒走出過艾因茲柏恩城的大門，當然這也是她第一次在公路上開車。Saber從剛才就一直注意她的視線所在，愛莉斯菲爾顯然完全沒有在看交通號誌。再說，她究竟知不知道路上開車要遵守法規的常識呢。

不過愛莉斯菲爾似乎總算察覺到紅綠燈的意義，在遇到紅色信號燈的時候會注意要**稍微減速**。雖然深夜裡路上的車流量遽減，她們剛才能夠平安無事地穿越市區道路，說不定幾乎已經是一種奇蹟了。

「……到冬木的艾因茲柏恩領地還要很遠嗎？」

「我聽說開車差不多要一個小時，只要靠近了應該就會知道吧——」

Saber滿心希望這趟在鬼門關前徘徊的旅程能夠早一分一秒結束。深夜裡的對向車道看不到有車真是不幸中的大幸，可是即使如此，每當車子進入彎道的時候，她血液中的腎上腺素就會飆高到備戰狀態。身為從靈的她擁有超人一等的體能，如果有什麼萬一的話，她當然可以抱著愛莉斯菲爾立刻逃出車內。這樣一來，這輛時價少說有千萬日圓以上的傳說級名貴跑車就會變成一堆無用的廢鐵。可是Saber並沒有這種金錢概念，不會覺得有什麼可惜。

「……雇用一位專職司機不是比較好嗎？」

「當然不能啊。這樣就太無趣——不對……太危險了。一旦進入了冬木市，隨時隨地都有可能遭到其他召主的攻擊。Saber也不希望有其他人被波及吧？」

「妳說的是沒錯……」

Saber幾乎開始認真思考在這條山路上遇襲的可能性，和愛莉斯菲爾的駕駛技術究竟哪一邊的危險性比較高。就在這時候，她的意識裡突然感覺到一股如同刀鋒般尖銳的寒氣。

「快停車！」

「咦？」

愛莉斯菲爾一時半刻還無法反應這突如其來的警告，愣了一愣。Saber則是不管三七二十一，好像要撲向駕駛者一般，半個身子硬是擠進駕駛座，一隻手抓住方向盤，左腳腳尖把煞車踏板猛踩到底。

Saber立時就能判斷如何駕馭這臺暴走機器的原因，要歸功於她身為從靈所獲得的騎乘技能。不論已知或未知，現在的她通曉所有乘坐道具的操作方法。

緊急煞車鎖住驅動輪，幸好道路是直線車道，車子並沒有打滑。Mercedes 一邊從輪胎冒出陣陣白煙，一邊在柏油路面上滑行。無法控制的滑行持續了幾秒鐘——在這幾秒鐘內，Saber 再次確認到那股讓人全身寒毛直豎的靈力。

絕對沒錯，這是從靈的氣息。真是說人人到。

「Saber，那個——」

看到 Mercedes 的車頭燈投射在路上的光環中出現一道怪異人影，愛莉斯菲爾的話語戛然而止。

修長的人影好像完全不在乎車輛急馳而來的危險，若無其事地佇立在道路正中央。

那人穿著一套樣式古老的豪華長袍，黝黑的布料染上一層有如鮮血般的深紅色。一雙異常圓大的眼眸讓人聯想到夜行性動物的眼睛。就算無視那人奇異的外貌舉止，只要想到現在的時間地點，任誰都不會認為他是一般的路邊行人。

車體的動能屈服在輪胎的摩擦力之下，Mercedes 終於停了下來，與那道擋在半路上的人影之間距離還不到十公尺。

「……Saber？」

聽見愛莉斯菲爾語氣緊張的呼喚，Saber 迅速思考現在的狀況。

「我下車之後，請妳馬上也到車子外面來。盡量待在我身邊。」

即使是鋼骨架構的車體，面對從靈也和紙箱無異，留在車裡一點防護作用也沒有，那麼還不如讓愛莉斯菲爾待在自己能夠立即保護得到的地方。

Saber打開鷗翼式車門，走到夜晚寒冷的空氣中。在夜風中簌簌騷動的林木氣味中，還帶有一股刺鼻的輪胎焦臭味。

站在對面的孤影不是剛才在倉庫街遇見的四人當中的任何一名。Saber在心中思量著……如果是還沒遇見過的從靈，那就是Caster或者是Assassin。

愛莉斯菲爾與Saber還不知道前一天晚上在遠坂家策劃演出的那一齣鬧劇，所以無法將Assassin從可能性之內剔除，但是這樣不閃不躲，大大方方擋路的敵人應該不可能是Assassin。那麼依照消去法所得出的結論就只剩Caster。

可是……

——前往赴戰的人會有這種表情嗎？

再一次仔細觀察對方的相貌表情之後，騎士王心中產生這樣的疑問。

那個人在笑，如果只是面帶笑容的話倒還能理解。面臨生死關頭之際，感受到喜悅的戰士絕不在少數。可是這個Caster的笑容又是怎麼回事？那張臉上充滿著單純無瑕的喜悅，好像終於和生離死別的親人兄弟重逢一樣，看了甚至讓人為他感到同情憐憫。

Saber 覺得有些遲疑。就在她要開口詢問對方身分之前，Caster 做出一件讓她更意想不到的事情。

他竟然畢恭畢敬地垂下頭，屈膝跪在柏油路上，行臣下之禮。

「我來迎接您了，聖處女。」

「什麼……」

Saber 越來越感到困惑。她身為一國之主，確實曾經接受過許多英雄豪傑的跪禮。但是她完全不知道那名跪在眼前的男子是誰，在凱美洛城（Camelot）服侍她的臣子當中並沒有這個人。

再說這個人口中「聖處女」的稱呼本來就很奇怪。Saber 以亞瑟王的身分統治不列顛，直到她過世的時候都一直沒有人知道她真正的性別。

跟在 Saber 之後走出 Mercedes 的愛莉斯菲爾，小心翼翼地從 Saber 身後偷看 Caster。

「Saber，妳認識這個人嗎？」

「不，我不曾見過他——」

Caster 似乎聽見 Saber 與愛莉斯菲爾竊竊私語的聲音，臉色大變，抬起頭來。

「……喔喔，這怎麼可能！您是說您已經不記得我這張臉了嗎？」

Saber見他說話語氣如此誇張，更是覺得不高興。

「哪有什麼記不記得，我和你是第一次見面——我不知道你是不是誤會了什麼，不過你認錯人了吧？」

「喔喔，喔喔喔……」

Caster發出令人為之鼻酸的哀叫聲，雙手用力亂抓頭髮。剛才的喜悅表情頓時蕩然無存，慌亂與失望使得他油亮的異容如同漫畫般扭曲變形。光從這一點只能看出此人的情緒起伏極為劇烈，非常危險。

「是我啊！我是您永遠的忠僕吉爾・德・雷（Gilles de Rais）！我全心全意只希望您能夠復活，期盼能夠再次與您相會的奇蹟。我甚至像這樣來到時空的盡頭，到您的面前拜見啊！貞德（Joan of Arc）！」

聽見那個人悲嘆不已的傾訴，愛莉斯菲爾倒抽了一口氣。

「吉爾・德・雷……!?」

對她們兩人來說，這已經是第二位從靈自陳姓名了。無論他意欲為何，這個流傳後世的響亮名號，的確能夠讓他以Caster的身分現世。

可是站在Saber的角度來看，知道對方的身分，只是讓她的疑惑進一步轉變為拒絕之意而已。

「我沒聽過你的名字，也不認識那個叫做貞德的人。」

Saber嘆口氣，帶著半分無奈的語氣說道。Caster聽見她這麼說，變得更加狂亂，氣喘吁吁。

「怎麼可能……難道，您忘記了嗎？忘了您自己生前的身分!?」

就算再怎麼說，對方還是聽不進去。Saber雖然感到不耐煩，但還是冷冷地看著Caster，不客氣地說道：

「既然你已經自報名號，我也遵從騎士之禮告訴你真名吧。我的名字是阿爾特利亞。烏瑟・潘德拉剛的長子、不列顛之王。」

看著眼前的少女抬頭挺胸，昂然道出自己最引以為傲的出身家世。Caster不發一語，徬徨若失了好一陣子之後——

「喔喔！喔喔喔喔喔喔——！」

——他發出有如慘呼一般的嚎啕哭聲，不顧體面地猛力搥打地面。

「這是多麼讓人痛心！多麼讓人嘆息！想不到您不只失去了記憶，甚至精神錯亂到如此地步……可恨……可恨哪！神究竟要折磨我美麗的少女到何種程度！」

「你究竟在胡言亂語些什麼？我根本就——」

「貞德，難怪妳不願意承認。過去妳對神的信仰比任何人都還要強烈、虔誠。但是卻被神所背棄，沒有任何庇祐或是救贖，就這樣被當成魔女處死。也難怪妳會迷失自己。」

Saber感覺到一種不同於畏懼的恐怖，讓她的背上寒毛直立。

這個男人根本沒有在聽Saber說話，打從一開始他就沒有意思要聽。關於Saber的身分，他已經完全相信自己隨便捏造出來的妄想，而且做出結論。他完全不想去聽Saber的反駁。

也就是說，這段應答根本不是兩個人在對話。Saber只不過是被迫加入這個瘋子的瘋言瘋語，演了一齣鬧劇而已。

「快點醒過來啊，貞德！不可以再受到神的迷惑了！妳是奧爾良（Orléans）的聖處女，法蘭西的救世主貞德・達爾克本人啊！」

「不要再鬧了！真是難看！」

Saber已經沒有一絲困惑與猶豫。她面露厭惡之色，出言斥責跪在地上的Caster。

「我乃是Saber，而你是英靈Caster。我們有緣在這裡見面，只因為我們都是為了聖杯而爭戰的從靈，除此之外什麼都不是。」

「……Saber，妳對這個男人說再多都是沒用的。」

站在背後的愛莉斯菲爾規勸情緒激動的騎士王。

Saber阿爾特利亞因為是不完全的英靈，英靈之座沒有給予她通曉古往今來的知識。因此她根本不知道，對『藍鬍子』吉爾・德・雷伯爵充滿瘋狂色彩的傳說故事一無所知。

以法國救世英雄的身分登上元帥之位，但是後來卻背棄那份榮耀，沉淪於黑魔術的邪惡與淫欲當中，最後甚至殘殺了數百位少年的『神聖惡魔(Monstre sacre)』——

就在吉爾墮落於瘋狂之中的同時，曾經與他一同並肩作戰的巾幗英雄貞德・達爾克也走上了悲慘的結局。因此有許多故事傳承將這兩件事掛鉤。果不其然，因為聖杯召喚而現世的英靈吉爾・德・雷此時所表現出的偏執只能以瘋狂兩個字形容。雖然不知道Saber阿爾特利亞的容貌與神采是否和貞德・達爾克這麼類似，但是想必不至於相似到完全分不出來的地步。可是吉爾——Caster卻堅信Saber就是他思念的那個人，甚至不容許他人有一絲質疑。

「貞德，請您不要再自稱為Saber了，也不要再叫喚我為Caster。我們已經不再受到從靈的箝制所限。聖杯戰爭的結果已經揭曉了啊！」

「你的想法真是獨特呢。」

代替怒不可遏，連話都說不出來的Saber，這次是愛莉斯菲爾開口詢問Caster。

「吉爾元帥，如果你說戰爭已經結束了，那麼聖杯究竟怎麼樣了呢？」

「萬能之釜的許願機當然已經在我手中了！」

Caster臉上洋溢著笑容，昂首大聲地宣言。

「因為我唯一的願望，聖處女貞德・達爾克的復活現在已經完全實現了！我不必和任何人競爭就已經成就願望。不必流一滴血，聖杯已經選擇了我吉爾。」

鏘地一聲巨響，Caster面前的柏油路被一分為二。

那是Saber的無形之劍。Caster就算看不見，光憑著升騰的劍氣就已經知道有一柄利劍指著自己的鼻尖吧。

「如果你再繼續愚弄我們英靈所有的祈願——下一次我就會毫不客氣地殺了你，**Caster**。」

Saber的話語當中沒有任何抑揚頓挫，語氣本身就已經如同劍刃般冰冷了。

「快站起來，殺一個跪倒在地的人有違我的信念。如果你也算是個戰士的話，就不要再耍弄那些不三不四的歪理，正正當當地打贏戰爭，取得聖杯吧。你的第一個對手就是我Saber，我現在就可以在這裡和你一分勝負。」

狂熱的火炎從Caster的雙眸中熄滅。

他原本因為激情而扭曲的異容驟然一變，以冷靜的表情抬頭看著挺立在自己眼前的Saber。但是在他眼神之內蘊含的意志力卻絲毫沒有稍減。

這種眼神是心中已經暗自下定決心的眼神。在他內心的瘋狂只不過是改變形式，轉變為不同性質的意志罷了。

「貞德，原來您已經這麼深深地封閉自己的心靈，只用言語勸說也勸不聽了嗎？」

Caster 深沉的低語當中已經沒有先前的哀怨。

「那就沒辦法了，需要下一點重藥才能讓您甦醒。那麼等我下次做好萬全的準備之後再來見您吧。」

裹著黑袍的身形輕飄飄地抽身一退，與 Saber 大大拉開一段距離之後挺身站起。重新再看一次他修長的身軀，散發出來的壓迫感與剛才跪倒在地、涕泗縱橫泣訴的時候簡直判若兩人。唯有數次用鮮血染紅大地的人……被尊崇為英靈，或是被當成暴君而為人所畏懼者才擁有這種威風與氣魄。

這個男人肯定是個麻煩的對手——Saber 與站起身子的 Caster 對望，直覺地如此認定。

「我在此發誓，貞德。下次見面的時候，我一定……一定會讓您的靈魂從神的詛咒下解脫。」

「說都說不聽。既然無心動武的話，那就快走。」

Saber 冷冷地說道。Caster 對她默默行了一禮之後，解除實體化，消失在黑暗當中。

Saber深深吐一口氣，解除備戰狀態。筋疲力竭的愛莉斯菲爾也累得靠在Benz的車輪擋板邊。

「和一個不講理的人說話……真是累人呢。」

「一點都沒錯。可是下次他開口之前我就會殺了他——像他那種人讓我覺得渾身不自在。」

Caster撤退之後，Saber還是一臉憤憤不平的樣子。

「白白讓他逃跑，妳覺得很不甘心嗎？」

「是啊，我很想乾脆當場讓他為他那些瘋言瘋語付出代價……不過事實上卻非如此。」

Saber的怒容當中含著某種難以言喻的神色，皺著眉頭露出頗不甘願的表情。

「老實說，Caster主動撤退，對今天晚上的我來說也許反倒是一件僥倖。」

「咦，是這樣嗎？」

Saber這種消極的發言，對愛莉斯菲爾來說真是出乎意料之外。

對付專精魔術戰鬥的魔術師職別，擁有最強抗魔力的劍士職別是最厲害的鬼牌。只要雙方在正面對決的狀況下戰鬥，Saber應該占有壓倒性的優勢才對。

但是 Saber 臉上的表情彷彿在說就連她自己都覺得心有不甘，皺著眉頭搖頭說道：

「那個 Caster……有點不太對勁，或許他和一般定義的魔術師不一樣。雖然我無法確定……但是我感覺現在左手被封的狀態下和他對戰太過冒險。」

因為職別特性的關係，Saber 的第六感已經強化到能夠預知未來。既然連她都感覺不尋常，愛莉斯菲爾也不得不一改對 Caster 的評價。

「不管怎麼樣，首先要處理的是 Lancer……」

「是的。幸好那位槍兵是一名情操高尚的戰士，想必不會逃跑也不會避戰吧。而且他也希望與我再一次對決。」

Saber 與 Lancer 雖然敵對，但是卻如此果斷地說道，看來她很欣賞那個 Lancer 吧。但是愛莉斯菲爾心中還是有一股難以抹滅的不安。就算從靈再怎麼樣充滿騎士精神，但是這並不代表他的召主也是同一種人。

眼前的騎士王受到從靈的枷鎖所禁錮，在未來的戰鬥中究竟是否還能徹底貫徹那把劍的榮譽……想到這一點，一股難忍的沉重與悲觀情緒湧上愛莉斯菲爾的心頭。

有一件事不只愛莉斯菲爾與 Saber 不知道，就連已經先行離去的 Caster 都毫無所知。那就是剛才他們三人會面的狀況，自始至終都受到追蹤者的監視。

國道旁的茂密森林裡，有一副模樣詭異的蒼白骷髏面具正悄悄潛伏在隱沒於黑暗中的樹枝上，虎視眈眈地看著。

追蹤者不只融入黑影之中，他自己彷彿就像是一道影子，隱蔽自己所有氣息以躲過 Saber 等人的感應。這人不是別人，正是 Assassin 從靈。他聽從言峰綺禮的命令，從倉庫街開始跟蹤 Saber 與愛莉斯菲爾，一路跟到這裡來。

這次任務本來是為了追蹤被認為是艾因茲柏恩家召主的愛莉斯菲爾，但是跟到這裡，事情卻發生意想不到的狀況。Assassin 終於發現在倉庫街大混戰中一直沒有現身的最後一名從靈 Caster 的存在。

Caster 已經化為靈體離開，他的氣息雖然迅速遠去，但是 Assassin 敏銳的靈感應力還能感受到他的氣息。要追的話就是現在。

「當然沒有不繼續跟下去的道理。」

Assassin 的背後傳出一抹呼喚的聲音。從籠罩在黑暗下的森林中浮現出一道朦朧的影子——赫然又是另一張白骷髏面具。

第二位 Assassin 的外貌體格雖然與第一位有些不同，但是同樣戴著白面具、身穿黑斗篷。而且這兩位 Assassin 不論體格，或是聲音等等都與倉庫街擔任斥候的 Assassin又不相同。雖然屬於同一種職別的從靈，但是他們每一個人顯然都是不同的個體。

「那可以拜託你嗎？」

「嗯。你就繼續追蹤Saber和她的召主吧……對了，綺禮先生有看見這個狀況嗎？」

「不，他現在與我沒有共享知覺。」

一開始擔任愛莉斯菲爾跟蹤任務的Assassin搖頭說道。他果然與倉庫街的斥候不是同一個人。

「為了保險起見，這件事還是應該告知綺禮先生……」

第二位Assassin聞言，很不高興地咂舌。

「這件任務就由我來接下吧。」

又有第三個人的聲音插入兩人的對話之間。雖然已經沒什麼好訝異了，此時又有一張白色骷髏面具出現在黑暗中。這次出現的人聲音尖高，身軀矮小，好像是個小孩子。不知道究竟有幾位Assassin聚集在這裡。

Mercedes的怪物引擎再度在夜晚下開始呼吸，發出咆哮聲在國道上漸行漸遠。愛莉斯菲爾與Saber又開始繼續趕路了。

三道黑影互相點頭，如同一陣旋風般消失在夜色中。

× ×

極為濃厚的鮮血顏色所染黑的昏暗之中，只有一盞點亮的燭臺燈火照亮龍之介線條纖細的臉龐。

那隻以男性來說過度優美細長的手指沾得一片血紅。他坐在長桌旁，面前有三條帶著溼潤光澤的生肉橫向並排鋪在桌上。

那是腸子。一條拉出來鋪滿整張長桌，釘在桌面上的人類腸子。

龍之介的眼神極為嚴肅，凝視著眼前的肉帶，一邊用左手拿著的小音叉敲打桌角，發出清亮的聲音。

趁著清澈聲音還在迴盪的時候，他的右手手指迅速在腸子的各處按壓。他每按一下——

咿……

嗚……

——充滿痛苦的呻吟聲就在黑暗中傳開。

龍之介注意傾聽這些呻吟聲，與音叉的殘音互相比較之後滿意地點點頭。

「好，『Mi』就在這裡。」

他自言自語說道，把畫著音符的標籤刺在腸子的某一處。同樣的標籤已經在不斷抽搐的肉帶刺上了好幾個。

雖然受到如此殘酷的折磨，但這條腸子還是活著的。正確來說，應該是說這條腸子的主人還活著。

有一位少女被釘在高舉在長桌上方的十字架上，因為持續不斷的痛苦而啜泣。她的下腹部被橫向剖開，從裡面拉出來的內臟正排列在長桌上，成為龍之介的玩物。

龍之介想要把活人的腸子當作鍵盤，製作一架以悲鳴為音色的風琴。這個點子就連『藍鬍子』都給予很高的評價。為了不讓當作材料的少女因為失血過多或是細菌感染而死亡，她被施下好幾層的治療再生魔術，另外為了不讓腦部分泌物質麻痺痛覺，也對痛覺做了處置。

人的身體非常纖細，要是動太多手腳的話，一下子就會停止生命活動，龍之介以前就一直為這點所困擾。可是現在多虧有魔術師協助他的工作，所有困難都排除了。利用這些不會因為一點小事就消耗掉的犧牲者肉體為畫布，他可以自由地展開感性的雙翼，揮灑自如。

「好～～那就Once More Time。『Do』、『Re』、『Mi』。」

龍之介一邊自己哼唱，一邊伸手按壓腸子鍵盤。可是因為他的動作而發出的苦悶呻吟卻只是一連串不協調的聲音，根本不是什麼音階。

「……嗯嗯？」

染血的調音師皺眉側首，再按一下剛才用音叉確認過的腸子位置。綁在十字架上的少女發出的呻吟聲又和標籤上的表示音不一樣。

仔細一想，就算刺激同一處痛點也不見得每次都會發出相同音階的慘叫聲。這麼一來，這個人肉風琴的構想本身就有構造性上的缺陷了。

「哎呀～～～～真是的……」

龍之介抓抓頭，失望地嘆口氣。

繼昨天辛苦奮鬥了大半天的人肉陽傘之後又是一次失敗的發明。這樣連續遭遇挫折，連他都快要失去自信心了。

可是龍之介重新回想起昨天『藍鬍子』說過的一番訓示——他在安慰弄壞陽傘而大感失意的徒弟時柔聲安慰道：

『任何事情最重要的都是最初的構想。就算結果差強人意，挑戰行為本身才是有意義的。』

偉大的惡魔這麼笑著激勵龍之介。對一個走在孤獨的藝術之路上，從未受到任何人賞識的青年來說，這席話對他是多麼大的鼓勵啊。

必須要更努力才行。龍之介趕走灰心喪志的念頭，重新振作起精神。不可以害怕失敗，所有的一切都是 Try and Error。千里之行，始於足下。

總之思考要更正面積極一點。現在放棄這架人肉風琴還太早了，只要從根本開始重新檢討，說不定可以找到什麼改善方法。

而且暫且不論音色如何，當他玩弄這條裸露在外的腸子時，少女的表情實在既美麗又撩人。這個素材啼哭時的表情這麼漂亮，白白放棄實在可惜。

這時候，充滿刺鼻血腥味的黑暗空氣突然劇烈搖動，空氣中的魔性密度又更加濃厚。這間魔術工房的主人回來了。

「啊，你回來啦。老大。」

『藍鬍子』，也就是從靈 Caster 神色木然地出現在燭火的光圈之中，頂著一張面無表情的撲克臉，對龍之介看也不看一眼。他出去時的心情明明高興到快要手舞足蹈起來，回來時的態度卻是一百八十度大轉變。

是不是在外面遇到什麼不愉快的事情？龍之介覺得有點不放心，但是他還是必須報告自己的工作成果。

「老大，對不起。人肉風琴還是不行啊。但是我呀──」

「──不夠。」

「嗄？」

『藍鬍子』小聲的低語顯然不是因為他聽見龍之介說的話。正當龍之介訝異的時候，Caster從長袍的衣襬下伸出手，五指戟張地扣住了在十字架上喘息，求生不得求死不能的少女頭部。

「只有這種程度的話，根本完全不夠！」

「喔，嗯。這件事其實我也已經發覺了……啊啊!?」

龍之介的辯解說到一半就斷了。Caster如同蜘蛛腳般細長的五根指頭一用力，將少女的頭顱像捏水果一樣捏碎了。

「怎、怎麼這樣啦……」

雖然事出突然讓龍之介非常喪氣，但是他也察覺到『藍鬍子』可不只是心情不好而已。現在『藍鬍子』的情緒非常激動，就連龍之介的存在都不在他的眼裡。

「可惡的神，到現在還束縛著貞德的靈魂不放！瀆神的活祭品還不夠多！」

『藍鬍子』口沫橫飛，喋喋不休地說個不停，從他的眼神當中看不到一絲理性的光芒。雖然不曉得究竟發生了什麼事，貞德應該就是指剛才在遠望水晶球裡看到的那個身穿鎧甲的女孩吧。

「原來是為了女人的事情啊，這下子說不定會拖很久囉。」

龍之介很同情他，雖然認識他的時日還不久，但是龍之介已經知道實際上這個長相奇特的惡魔的精神比一般人還要更加纖細。

「我一定要讓她知道在這個世界上，神的神聖性只不過是**虛偽的假象**罷了。世界上根本沒有什麼所謂的救贖，羔羊們的祈禱絕對不可能上達天聽！」

「嗯嗯，你說的沒錯。我都了解，老大。」

在一旁附和的龍之介當然完全不明白『藍鬍子』話語中的意義。可是他一點都不想去深究，他可不會那麼不識相，插手管別人的男女問題。

「光只是羞辱神已經不夠了！我們一定要證明才行，證明神威已經淪喪、神愛的虛幻！神已經無法制裁人類！任何惡行、邪性都絕對不會受到神的懲罰！你說對吧，龍之介！」

「是啊。什麼神明只不過就是無能的膽小鬼，老大你比他們更 Cool 呢。」

「既然這樣！我們就要更加違背倫常！更加褻瀆道德！將瀆神的活祭品堆積成山，清楚地呈現在她的眼前！」

聽到『藍鬍子』的宣言，龍之介顯得有些猶豫不決。

「那個……你是說，從今後開始就要量重於質……的意思嗎？」

「沒錯！正是如此！不愧是龍之介，你果然明白事理！」

『藍鬍子』似乎覺得龍之介的話深得其意，臉上突然又露出笑容，伸手攬著龍之介的肩膀拍了拍。他的情緒像這樣從躁鬱狀態之下激烈轉變不是今天才開始的，龍之介早已見怪不怪了。但是龍之介對他說要改變行事方針的事情還是覺得興趣缺缺。

「龍之介，現在牢裡的小孩子還有幾個人？」

「……還活著的有十一個人。其中三個人我稍微玩過，已經快要壞掉了。」

「很好。首先就從那十一個人開始，馬上把他們拿來獻祭。迅速收拾掉之後，在天亮之前再去補充新的小孩吧。」

「這樣……總覺得有點浪費呢。」

這種所謂大量虐殺的行為不符合龍之介的興趣。他是個徹頭徹尾的藝術家，而不是殺人機械。那種像堆積木一樣，將大量的無趣屍體堆積成山的行為就和戰爭或天災沒兩樣，完全就是浪費生命。一個一個花時間慢慢凌遲應該才是殺人的醍醐味啊。

『藍鬍子』似乎也已經發現龍之介有些不情願，露出他特有的那種充滿慈愛的天使笑容勸誡龍之介，彷彿在安撫一個不聽話的小孩一般。

「聽我說，龍之介，不可以這樣小家子氣。你要想想，這個世界上所有生命都是我們的財產，所以你要具備王公貴人的雍容大度才行。過得更奢侈一點，你要明白自己的財產取之不盡、用之不竭。你要用這種方式學習如何表現出足以擔任吾主的風範。」

「國王啊……」

沒錯，龍之介已經是富豪之身了。

龍之介對貨幣金錢沒有興趣。對他來說，只有人類的生命才是會經由消耗而產生價值的東西。而他已經得到『藍鬍子』的幫助，就算犯下天大的殺人重罪也永遠不會受到法律的制裁。『藍鬍子』給了他權利，想要何時在哪裡殺多少人都是他的自由。

如果龍之介可以對這世界上的眾生為所欲為，就代表這些生命都是屬於他的所有物。教皇或是總統什麼的根本就沒得比，雨生龍之介才是現今世界上最富有的人。

「可是……我認為如何花用也很重要耶……」

「龍之介，你出生在這個深受資本主義荼毒的時代，這種觀念對你來說可能難以接受。可是你要知道，對貴族來說浪費是一種美德。家財萬貫之人都有義務把浪費當作一種驕傲，向世間展示。這麼做財富才顯得珍貴，才有意義啊。」

「嗯……」

雖然嘴巴上說了許多，龍之介對『藍鬍子』的信任早已經根深柢固了。這位死亡與頹廢的巨匠，說不定還會用意想不到的方式給予他全新的感動。

總之今天晚上就按照『藍鬍子』的指示，專心把那些小孩子盡快處理掉吧。或許就算在有限的時間當中，他也能摸索到自己喜歡的風格或是享受趣味的方法。越這樣想，他就越覺得這也是一種有趣的嘗試。

可是——

聽『藍鬍子』說了這麼多大道理，那位龍之介原本要拿來做成人肉風琴的少女始終在他腦海中揮之不去。

雖然被『藍鬍子』捏個粉碎，現在已經爛得不成原形——可是那張臉蛋……真的好可愛呢。

-149:47:12

從冬木凱悅飯店的最高層客房——地上第三十二層的高度極目眺望，眼見風光是全冬木市內獨一無二的壯闊風景。

論高度，這第一名的位子不久之後就要讓給即將落成的新都中央大廈。新都現在仍然正在開發中，這間凱悅飯店是在開發最初期興建完成的建築物。

今後隨著新都的發展，新落成的旅館還會一一增加。可是凱悅飯店當然不會把冬木市最高級設施以及最佳待客服務飯店的寶座讓給後起之秀。飯店經理與上下從業人員心中都引以為傲，這家飯店仍然具備讓所有客人感到名副其實的高級品質以及格調。

肯尼斯・艾梅羅伊・亞奇波特包下了這家飯店的頂級套房，一人獨占窗邊的真皮沙發。但是他心中的鬱悶之氣卻絲毫不見好轉。

以他的觀點來說，打造這間套房的庸俗之人根本不知道何謂「尊榮華貴」，只是一間大而不當的房間、空有高價的家具，以及一些窮奢華貴的裝飾品。生來就是貴冑子弟的肯尼斯對凡夫俗子極盡追求的虛浮豪奢十分敏感。像這間套房就是這樣，既沒有一點歷史淵源，也感覺不到任何文化氣息。只不過是一間利用抄襲來的感性，表面上擁有雍容華美擺飾的醜陋豬窩。

如果要追究這種卑賤習性的話，問題還不只是這家旅館。這個叫做日本的小小島國本身就醜惡無比，處處都忤逆他的神經。

就連那個髒亂低俗的香港，至少都還保有對當地風俗的執著與原則，但是在這個冬木市的新都完全沒有那種異國獨特的風情。就算像這樣從高處向下望，也找不到任何特色可以看出這裡到底是哪個國家的什麼城市。只是到處搜括一些新穎又膚淺的矯飾，全部堆積在一起而已——要是說到都市的內在精神，這座城市就和一座大垃圾山沒兩樣。

這個島國位居東方世界的最盡頭，如果還保有偏僻漁村的淳樸生活型態，好歹還算有點風味……不過日本人這種人種想必和那種含蓄的自覺無緣吧。這個一百多年前就連憲法都沒有的未開化國家光靠著什麼科學技術、經濟能力等粗淺的交涉應對就想與西歐諸國一別苗頭，恬不知恥地自以為躋身於文明大國的行列，大現醜態。真是讓人覺得莫名其妙。

極度的厭惡感幾乎讓肯尼斯偏頭痛發作，他神經質地用手指輕敲額頭，滿腹無處可發洩的焦慮化為嘆息吐出。

事實上他並不是會因為住宿地方的品質不佳而怒形於色、挑三揀四的狹量小人。

是另有其他原因讓他這麼煩躁的。

房內擺設的寬螢幕電視上，深夜的節目改調時段，正在播報緊急新聞。情緒激動的播報員正從現場報導冬木市當地海港地區的倉庫街發生原因不明的爆炸事故。

大約在四個小時前，消防車收到附近居民通報**聽見爆炸聲響**而趕往現場。雖然沒有被報導出來，那些現場採證的警官應該已經正在欣喜過望地撿拾那些散置在現場，用來魚目混珠的爆炸物痕跡吧。他們根本不知道那場破壞實際上是由於他人無法得知的異象所造成的……

難怪聖堂教會如此大言不慚地自居為監督者，他們的手段的確優秀。依照時間倒算回去的話，大概在肯尼斯撤去驅人結界之後三十分鐘之內，所有隱藏工作就已經完成了。

一切事實真相都已經不存在，只留存於當時身處現場那些人的記憶之中。其中一個人就是肯尼斯，他就是Lancer從靈，英靈迪爾穆德・奧・德利暗所侍奉的召主。

期待已久的聖杯戰爭終於開幕，準備萬全的肯尼斯打了第一場仗，但是成果卻與他的預料相差甚遠。

自年幼時起，肯尼斯・艾梅羅伊・亞奇波特總是比其他孩子還更優異。不管是何種課題，他都可以比任何人更加高明地解決，與他競爭的對手沒有一個能夠超越他。

他沒有執著的上進心促使他不斷努力；也不曾追求過什麼了不起的目標。只是他達成的成果無論何時總是比他人更加卓越，如此而已。

高成就的結果當然讓少年肯尼斯了解到自己是人稱「天才」的人種，這是自己與他人都有的共通認識。沒有人對此有意見，也不曾有任何人事物威脅到他的自信。因此他並不狂妄自大，也不特別以此為傲，只是理所當然地繼續展現才華。

他不曾遭遇困境，也不曾煩惱自己可能江郎才盡，年輕的肯尼斯完全支配自己的世界，他對這點認知從來沒有一絲懷疑。他是超卓的魔術師、還是名門亞奇波特家的嫡子。不但繼承刻印，接受家族歷代的魔導成果，而且本身也擁有稀世的卓越才能。這一切『事實』都讓他的光榮有了正當的理由，也難怪他一直深信這個世界沒有一件事不在自己的掌控之下，這不光是肯尼斯自己個人的自負，也是他身邊所有人的共通見解。

不管是在時鐘塔裡完成各項精彩的研究成果，或是以前所未見的速度提升位階，平步青雲。每個人都因為他是「大名鼎鼎的艾梅羅伊爵士」而自然地接受。肯尼斯被別人稱呼為神童稱呼慣了，即使他的立場集合眾人的羨慕與嫉妒於一身，他也不覺得有什麼滿足或是成就感。這一切在他的人生當中只不過是『理所當然的結果』罷了。

過去是這樣，當然未來肯尼斯的成功也是無庸置疑。這是『人生與他的約定』，神聖而不可侵犯，同時對他來說也是不容質疑的大前提。

就因為世界的秩序對他來說如此淺而易見，所以——雖然這種事鮮少發生——如果一些極為稀少又不可預期的不便與巧合累積起來，導致某種「出乎預料」的事態發生，他認為這就是一種絕對難以忍受的混亂、褻瀆上帝的秩序。

舉例來說。

原本有百分之百的機會可以收拾掉劍士從靈，卻白白讓她逃過一劫。像這種突發事件是他絕對無法接受的。

「出來，Lancer。」

「是，我就在您身邊。」

話聲剛落，俊美的英靈化為實體，恭謹地蹲在肯尼斯腳邊。以靈體的型態直接對話其實沒什麼不方便，再說肯尼斯自己身為降靈科的主任講師，早已經習慣與無形的靈體對答，但是如果有方法可以直接面對面說話，那當然是再好不過。

特別是和這個從靈說話的時候——肯尼斯想要一邊和他說話，一邊仔細觀察他表情中的細微變化。如果談話內容不是對談，比較接近質問的話，那就更應該這麼做。

「今天晚上辛苦你了。我已經充分見識到迪爾穆德・奧・德利暗赫赫有名的雙槍了。」

「真是過獎了，吾主。」

Lancer 淡淡地回禮，沒有因為讚許而洋洋自得，也沒有露出喜悅的神情，更看不出來有隱藏心中不平不滿的樣子。他的舉止謙恭含蓄，堪為武人之表率。

但是在肯尼斯的眼裡看來，Lancer 的態度只是想隱藏自己的想法，堅不透露自己真正心思的可疑行為罷了。

「嗯，我確實是充分見識到了，所以我要問你……你到底在打什麼主意？」

「……您的意思是？」

雖然肯尼斯說話口吻瞬間一變，開始帶有逼問的語氣。但是 Lancer 還是不改他謙敬的態度。

「Lancer，你不是以從靈的身分向我宣示過嗎？要全力以赴為我取得聖杯。」

「是的，您說得沒錯。」

「那你為什麼沉溺於遊樂當中。」

就算被召主這樣指責，Lancer 的表情卻沒有因為憤怒或慌張有一點點改變，只是恭敬地斂目垂首。他自己可能也已經預料到會有這場斥責吧。

「……我以騎士的名譽發誓，絕對不會因為嬉鬧之事持槍。」

「哦，是嗎？你說得倒是好聽。」

肯尼斯神色略有不屑，冷哼一聲後繼續追問下去。

「那麼我問你，你為什麼沒能殺死Saber？」

「那是——」

「不只是一次，你曾經兩度壓制住Saber，但是兩次都讓致勝的機會溜走，而且還讓我消耗一道令咒。」

「……」

這次Lancer無言以對，沉默不語。

「我再重複一次。今天晚上的戰鬥我完全看在眼底。就是因為我看得一清二楚，所以我才這麼說。Lancer，你在『享受』戰鬥。」

肯尼斯冷漠地俯視低頭不語的騎士，用極為諷刺的口氣說道：

「和Saber的戰鬥真的那麼愉快嗎？愉快到讓你捨不得和她當場立即分出勝負？」

就旁人的眼光來看，Lancer或許已經打了一場值得稱讚的漂亮戰鬥。但是對召主肯尼斯來說……只不過是一場漂亮的戰鬥而已——最終沒有具體的成果讓他十分懊惱。

原本自己真正想要召喚的英靈伊斯坎達爾的聖遺物被那個不肖弟子韋伯・費爾維特搶走。韋伯不去秤秤自己有多少斤兩，竟然當上了伊斯坎達爾的召主。結果不出所料，他無法駕馭從靈，讓從靈徹底失控。結果因為韋伯的失態，使得戰局演變成大混戰，就連肯尼斯的 Lancer 獲勝的機會都因此而喪失……現在肯尼斯的心中對這些事情並不感到焦躁憤怒，他要洩憤的對象就只有韋伯一個人，既然韋伯本人不在自己面前，就算再生氣也於事無補。肯尼斯將這股怒氣深埋在心中醞釀，之後哪天和韋伯對戰的時候再盡情宣洩就可以了。他這個人對於這種「對外的忿怒」是非常現實、冷靜而無情的。

可是相反的，肯尼斯對於「向內的忿怒」就完全無法忍受。因為他的才能過度異於常人，讓他的人生至今一直與失敗或挫折無緣。雖然這種事情很少發生，可是每當他的親屬或是部下做事結果不合他尊意的時候，他必定會大發雷霆。這就是一出生就註定成功，從小到大接受眾人祝福於一身的人所特有的弱點吧。

就像現在，雖然韋伯的鬧場妨礙了肯尼斯的勝利之路，但是 Lancer 無法為他帶來勝利更讓他感到生氣。

「……非常抱歉，吾主。」

Lancer 低著頭忍受肯尼斯充滿怒火的眼神，壓低了聲音，神色儼然地道歉。

「我發誓總有一天一定會摘下 Saber 的首級，請您再給我一點時間。」

「這種事根本不需要發誓！本來就是你應該完成的工作！」

肯尼斯的情緒終於爆發出來，暴喝一聲反駁 Lancer 的道歉。

「你已經和我締結契約了！答應讓我肯尼斯・艾梅羅伊得到聖杯！這就代表你要把其他六個從靈全部殺光。這可是這場戰爭的大前提！

現在還發這些誓做什麼……只不過對付 Saber 一個人就要發誓？你膽敢說這種約定有什麼價值嗎？到底有沒有搞清楚狀況？」

「——不清楚狀況的人應該是你吧，艾梅羅伊爵士。」

出聲說話的人不是 Lancer 也不是肯尼斯，而是一名第三者。有一位女性從房間的寢室中出現，不曉得何時開始一直在聆聽從靈與召主之間的對話。

那名美女的言行舉止不同於她那如火焰般鮮紅的頭髮，感覺就像是極寒冰雪一般冷淡。她剛過完青春期，比肯尼斯略小了幾歲，全身充滿青春年少的活力。旁人一眼就能看出這位佳人的氣質不是嬌美或是母性，而是尊貴與理智。即使她嚴厲的眼神當中帶有輕視他人的傲慢神色，但同時也形成一種威嚴，散發出有如女皇風格的魅力。

她好像在斥責自己的臣子一般，眼中嚴厲的責難神色只看著肯尼斯一個人。

「Lancer 表現得很好。有問題的應該是你的現場判斷，不是嗎？」

「索菈鄔，妳在說什麼……」

依照肯尼斯的性子，這時候早就應該暴跳如雷了。可是他沒有發作，言語間反而有些躊躇，全都是因為這位女性對他來說與眾不同。

索菈鄔・納薩雷・蘇菲亞利（Sola-Ui Nuada-Re Sophia-Ri）。她是降靈學科之長，也是肯尼斯的授業恩師蘇菲亞利學部長的千金，同時也是成就肯尼斯之榮耀的命運女神——也就是他的未婚妻。

亞奇波特家與蘇菲亞利家雙方都是不分軒輊的高貴名門，這兩大家族聯姻，而且還是稀世天才與學部長之女的姻緣婚配震撼了時鐘塔上上下下。因為蘇菲亞利家傳的魔術刻印已經讓給繼承家長之位的哥哥，所以索菈鄔自己的魔術師位階並不算高。可是她與哥哥一樣，繼承了蘇菲亞利家代代精練下來的頂尖魔導血統，擁有的魔術迴路遠遠超出一般人。在她接受了「神童」肯尼斯的基因之後，想必一定能夠為亞奇波特家下一代帶來特級的純淨血統。這根本就是已經應許給肯尼斯的榮耀。

但是——這樣的未來在旁人眼裡就算再怎麼燦爛，對兩位當事人來說也未必真是如此幸福快樂。

索菈鄔注視未來夫婿的眼神帶著露骨的輕視之意，甚至可以說是充滿著侮蔑。肯尼斯則是一臉蒼白，忍受著這種羞辱。他們兩人的樣子再怎麼看都不像是一對關係親密的伴侶。

「肯尼斯，依照我的看法，我認為即使必須要和 Saber 合作，那時候還是應該依照 Lancer 的建議，將目標放在 Berserker 身上才對。」

索菈郁雖然沒有親身參與倉庫街的戰役，但是她使用自己的使魔，早就已經逐一掌握整場戰鬥的細節。她當然不是看著好玩的，雖然沒有魔術刻印，但是她同樣是名門蘇菲亞利家的一分子，接受過魔術教育的薰陶。對於聖杯戰爭這種魔術師之間競爭，她和參與戰鬥的召主肯尼斯一樣知之甚詳。

不，因為她對聖杯戰爭有深入的了解，反而對肯尼斯身為召主的所作所為有很深的不滿吧。

「Lancer 的『破魔紅薔薇』對抗 Berserker 是非常有效的寶具，如果再加上 Saber 的協助，一定可以輕易打倒那個黑色從靈。你本來有一個大好良機，可以輕鬆排除一個敵人啊。」

「……妳不知道 Saber 有多危險。」

肯尼斯一邊壓抑著無從發洩的怒意，一邊以低啞的嗓音出言反駁。

肯尼斯自己也很看重未婚妻的聰明才智與慧眼，可是索菈郁絕不是他的上司，也不是命令者。他打算以一名召主的身分，完全依照自己的判斷戰鬥。如果繼續這樣讓未來成為自己妻子的女性罵得狗血淋頭，肯尼斯身為男性的自尊實在站不住腳。

「我已經利用召主的透視能力掌握那個 Saber 的能力。她的能力特別強大，整體能力還在迪爾穆德之上，我怎麼可以放棄能夠當場打倒她的好機會！」

「你這個人……真的了解自己從靈的特性嗎？」

雖然肯尼斯說得果決，但索菈鄔只是冷冷地嗤之以鼻。

「你以為『必滅黃薔薇』是拿來做什麼用的？Saber 已經受了不可能治癒的傷害，就算放著不管，任何時候都可以打倒她。比起 Saber，在那時候身分不明的 Berserker 危險性才更高。」

「……」

肯尼斯本想立即出言反駁，但是卻說不出話來。不是索菈鄔的論調辯倒了他，而是他對索菈鄔的威嚴與憤怒感到些許畏懼。

「再說，如果你認為 Saber 真的那麼危險的話——」

索菈鄔沒有放過肯尼斯沉默不語的機會，繼續說下去。

「那你又為什麼放著 Saber 的召主不管？艾因茲柏恩家的女人就那樣毫無防備地站在那裡，趁著 Lancer 牽制住 Saber 的時候，你應該有機會攻擊敵方召主不是嗎？可是當時你在做什麼……從頭到尾都只是躲著看而已。真是丟臉丟到家了。」

索菈鄔深深嘆口氣。肯尼斯因為憤怒與屈辱而全身打顫，只能無言地怒視著她。

不管對方是誰，肯尼斯都不可能忍受這種折辱。以艾梅羅伊爵士的威望發誓，他絕對會加倍償還對方加諸於他的侮辱。

可是在這世界上卻有一個人例外，她就是索菈郞．**納薩雷**．蘇菲亞利。

原因當然不只因為索菈郞是恩師的女兒，和她的婚姻將會帶給自己地位與名聲，還有自己對於美好未來的執著。但是最重要的因素是一種無法用理論解釋的情意。

這位如同碩大寶石般高傲又聰穎的貴族千金，就是年輕天才魔術師以一名男性的身分深深苦戀的唯一女性。

早在肯尼斯第一眼看到她，兩人還沒說過一句話之前，他的心就已經成為索菈郞的俘虜了。以權力關係來說的話，他早就已經落於未婚妻之下。可是肯尼斯高傲的深層心理還是堅決不願承認這件事實。

索菈郞似乎也察覺肯尼斯心中的鬱悶，她的語氣稍見和緩，語帶嘲弄地說道：

「肯尼斯，你應該明白自己和其他召主比起來，擁有什麼優勢吧？創造出這項優勢的人不是別人，就是你自己啊。」

「這……我當然知道……」

「你變更原本由魔奇理家完成的契約系統，成功加上獨創的設計，的確是個了不起的天才。真不愧是人稱降靈科實力第一的神童呢。」

雖然肯尼斯在過去聽多了別人對他的溢美之詞，早就已經感到厭煩。但是這些話語如果出自索拉郞的嘴裡，就算聽上千百遍也絕對不嫌多。

事實上，索菈鄔對他的評價並非人云亦云的吹捧。為了參加這次的聖杯戰爭，肯尼斯所準備的祕密計策足以從根本推翻『初始三大家』過去所設下的戰爭規定。

那是讓從靈與召主之間原本只有單一的因果線一分為二，分配給不同人負擔的變種契約。肯尼斯以他卓絕的才華成功將魔力供給的通路與令咒的通路分割開來，分別連結在不同的召喚者身上。

除了擁有令咒的肯尼斯之外，還有第二名魔術師擔任從靈的魔力供給來源……那個人不是別人，就是索菈鄔本人。這一對男女是兩人一組的召主。

「——可是肯尼斯，你雖然是一流的魔術師，卻是個二流的戰士。事前辛苦做的準備完全沒有活用在戰略上。」

「不，我是……」

「肯尼斯，你認為我是為了什麼才提供魔力給Lancer？是我代替你承擔這項原本應該由你付出的代價喔？這一切都是為了讓你的戰鬥更加有利，讓你打贏這場聖杯戰爭。

你和其他那些身負從靈枷鎖的召主比起來占有絕對的優勢，因為你可以將自身的魔力全部用在自己的魔術上。」

「可是……戰爭才剛剛開始。在第一戰的時候應該慎重小心地……」

「是這樣嗎?既然如此你為何只逼迫 Lancer 要拿出成果呢?」

「……」

雖然索菈鄔的口氣比一開始的質問要溫和許多,可是她的言外之意還是在責罵肯尼斯是膽小鬼。肯尼斯心中熊熊燃起的妒火梗在喉嚨裡,臉色越來越蒼白。

「你在責備 Lancer 之前,應該好好反省自己。肯尼斯,你今天晚上——」

「索拉鄔小姐,請您不要再說下去了。」

一抹凜然低沉的聲音制止索拉鄔。

開口的人是 Lancer。他不知何時已經抬起頭,雙眼直射索拉鄔。

「再說下去就是對吾主的侮辱。身為騎士,我不能置若罔聞。」

「不,我不是那個意思………對不起,我說得過分了。」

剛才還展現出女皇般的盛怒氣勢,滔滔不絕說個不停的千金小姐一聽見 Lancer 的糾正立刻羞澀地垂下眼眸,甚至還出言道歉。態度轉變之大,任誰來看都會覺得驚訝吧。

特別對肯尼斯來說,眼前這一幕讓他心底升起一股深沉的鬱悶之意。那個高傲的索菈鄔絕對不可能只因為一句建言就改變自己的想法,至少肯尼斯說的話從來沒有發揮過這種效果。他不久後將娶索菈鄔為妻,而索菈鄔則會成為他的妻子。可是對她來說，一個小小從靈的一句話竟然比未來丈夫說的話還有分量嗎？

而且追根究柢，索菈鄔本來就是為了包庇 Lancer 才會出言駁斥肯尼斯。她該不會只是因為不忍心看到 Lancer 受到斥責吧？

索菈鄔微微垂首看著 Lancer。肯尼斯覺得她的眼神中有一種身為未婚夫的自己完全陌生的情感。然後只要視線一轉，他就忍不住去注意仍若無其事地蹲在自己腳邊的 Lancer——**右眼**下方那顆明顯的哭痣。那是傳說中讓迪爾穆德・奧・德利暗擄獲所有女性芳心的『媚惑哭痣』……

這種胡思亂想真是愚蠢至極。且不論常人如何，索菈鄔是名門蘇菲亞利家的一分子，學習魔導的女性。即使她沒有繼承魔術刻印，但是對於只有蠱惑人心效果的詛咒應該具備相當充足的抵抗力。

當然，這也要本人有抵抗的意志才算數——

就在這時候，防盜器突然毫無預警地鈴聲大作，打斷肯尼斯心中的百般念頭。

「……什麼？發生什麼事了？」

索菈鄔不知所措地喃喃自語。接著裝設在房間的電話鈴響起，電話機上的燈號顯示是從櫃檯打來的。

肯尼斯不慌不忙地拿起話筒，傾聽飯店職員的聯絡事項。等到他聽完的時候，眼神當中已經再度回復魔術師特有的敏銳幹練。

「聽說樓下失火了，飯店的人要我們馬上去避難。」

肯尼斯隨手一扔，把話筒放回去，一邊對索菈鄔說道。

「雖然只是小火，但是起火點似乎分散在好幾個地方。肯定是人為縱火吧。」

「縱火？就正好在今天晚上？」

「哼，這當然不是偶發事故。」

肯尼斯傲然冷笑。在他心中燒灼的諸般憂鬱已經完全一掃而空了。

「這是為了驅散人群的計策。敵人畢竟也是魔術師，想必不願意在人群聚集的建築物裡展開攻擊。」

索菈鄔神情緊張，抽了一口氣。

「那……這是有人襲擊？」

「應該是。可能有人覺得剛才在倉庫街還鬧得不夠，自己找上門來了。有趣，我們也覺得剛才那場仗打得不順心。你說是嗎？Lancer。」

「是，的確沒錯。」

Lancer毫不猶豫地點頭回答。雖然還沒和敵人打照面，但是敵人的身分已經讓他有所期待。在七位召主當中，說到有誰這麼急著要打倒肯尼斯的話，可能的人選就只有一個人——Saber被『必滅黃薔薇』所傷，她的召主一定想要盡早解除長槍的詛咒吧。

「Lancer，到下面的樓層去迎戰敵人，可是不准隨意把敵人趕走。」

聽見肯尼斯具有弦外之音的指示，Lancer頷首。

「我明白。要阻斷襲擊者的退路，把他逼到這層樓是嗎？」

「沒錯。我們就讓貴賓在肯尼斯・艾梅羅伊的魔術工房裡好好享受吧。」

他們灑下大把鈔票包下一整層樓面，是因為要把這裡當成活動的據點，需要徹底進行改裝。當然所謂的改裝不是指物質上，而是進行魔術面的強化。肯尼斯在這第三十二樓設下二十四層結界，防備之嚴謹可以用魔術城牆來形容。另外還有三架他專用的魔力爐、數十隻召來當作看門犬的惡靈魍魎。他在陷阱方面也是極盡苦心，甚至將走廊下的一部分空間改造為異世界。

就算身處敵地，首先還是要將自己根據地的工房整備完善，這是身為魔術師的基本素養。對於隨隨便便踏進這塊領域的挑戰者，一定要讓他們徹底明白艾梅羅伊爵士真正的恐怖之處。

「只要其他的旅客全部撤出，就沒有什麼好顧忌了。雙方都可以使出獨門祕術，好好較量一場。」

難以抑遏的笑意由肯尼斯的喉嚨中溢出，一股狂野的興奮感伴隨著喜悅在他的全身奔流。

他現在需要的就是行動，他需要以行動與結果弭平索菈鄔加諸在他身上的屈辱感。他需要一個狀況讓他能夠好好發揮人稱天才的特有潛力，以證明自己的能力。

沒錯，現在的肯尼斯正渴望見血。他心中昏暗的憤怒之氣難以控制，唯有利用他人的鮮血才能平息。選在這時候攻來的可憐敵手正是絕佳的活祭品。

「妳說我是二流的戰士，我馬上會讓妳收回這句話。索菈鄔。」

「當然，我很期待你的表現。」

平時難以親近的未婚妻在這時候對他盈盈一笑，讓肯尼斯的鬥志更加高昂。

× ×

旅客們在睡夢中被火災警報聲吵醒，引導至戶外停車場。眾人紛紛聚集在一起，臉上表情參雜著對火災的恐懼、睡意以及對寒冷的不快。旅館的員工急急忙忙在人群間往來穿梭。

「……亞奇波特先生！肯尼斯・艾梅羅伊・亞奇波特先生在這裡嗎？」

值班的櫃檯人員拉大嗓門，四處找尋住宿者名單中最後一組還沒點到名的客人。全飯店的人一直對這位將最高樓層套房一整層全部包下來的超級金主非常關心。在某種意義上，他是飯店方面最不希望有任何差池發生的最重要人物。

「亞奇波特先生！您在嗎!?」

「——是，我在這裡。請不用擔心。」

一道沉穩冷靜的聲音從背後回答。櫃檯人員回頭一看卻感到莫名其妙，對他說話的人是一位穿著陳舊外套，外表毫不起眼的日本男性。

這個玩笑實在太不好笑了。就在櫃檯人員大感不快，正要出言指責的時候——那名男人的眼睛卻讓他動彈不得。

有一股神祕的吸引力讓他的目光無法從對方身上移開，想隨意開口說話都不行。

「我就是肯尼斯・艾梅羅伊・亞奇波特。我和內人索菈鄔都已經避難了。」

陌生東方人的聲音冷靜而清晰，說話的口氣好像在向他解釋某件事。櫃檯人員的思考一片模糊，毫不懷疑地聽信了那人所說的話。

「……是這樣嗎？啊，是沒錯。原來已經避難了啊。」

櫃檯人員在手中的名簿上勾選「已避難」，確認所有旅客都平安無事讓他放心地鬆了一口氣。對於剛才與那位**亞奇波特先生**的對話，他心中已經不覺得有什麼疑慮或是異常了。

衛宮切嗣看著櫃檯人員為了應付其他避難旅客而匆忙離開之後，便遠離人群。雖然剛才的覆寫（Rewrite）只是暫時性的，但是一般人對魔術沒什麼抵抗力，覆寫的效果一時半刻還不會解除。

切嗣站在離旅館約一條街距離的陰影下，確認沒有人注意到自己之後，從口袋中拿出手機。這種電子器材在民間普及之後，讓切嗣做起事來比以前更加方便。這種無線終端機既簡易，用途又多，不管是誰帶在身上都不會有人懷疑。

首先他要和守在監視位置的舞彌聯繫。

「我已經準備好了，妳那邊呢？」

『沒有任何異常，你隨時可以動手。』

舞彌所在的位置是在冬木凱悅飯店的斜對面……一棟還在建設中的高樓上層。那裡是切嗣指示的位置，能夠在最近的距離監視肯尼斯的房間。

切嗣輕吐一口氣，一隻手從口袋中摸出香菸紙包，另一隻手在手機裡輸入一串號碼。

他打的是一只用人頭名義申請的 BB Call。但是那隻 BB Call 既不會震動也不會發出鈴聲。收信訊號經由一條改造過的線路送進連接在Ｃ４炸彈上的引爆信管。

雖然爆炸規模不大，爆炸聲甚至沒有傳到無人飯店之外。

但是取代爆炸聲在夜空中響起的，卻是鋼筋水泥彼此傾軋的詭異哀鳴聲。

避難者發覺事態不尋常，看著頭頂上高樓建築所發生的異變，紛紛發出驚呼聲。

「飯店、飯店崩塌了！」

崩塌的速度非常迅速，而且非常徹底。

高達一百五十公尺的大廈保持直立的狀態，彷彿直接被吸進地底似地崩垮了。因為所有外牆都朝向內側崩倒，所以沒有任何一塊碎片飛散出來，反而是崩倒時吹出的空氣捲起粉塵，揚起一道有如積雨雲般的煙霧，席捲飯店周遭的大街小巷。

爆破拆除——這是一種主要用來拆除大型高樓建築的高難度爆破技術。藉由單點破壞建築物強度中最重要支柱，讓建築物本身的重量向內壓垮整棟建體。這種技術可以用最少量的炸藥，更有效率、更確實地將大樓化為一堆瓦礫。切嗣精通古今東西各種破壞技能，當然也懂得這種堪稱是破壞藝術的專門技法。

在冬木市現有的建築物當中，所有魔術師可能選為根據地的地點都被切嗣列為破壞對象。這棟冬木凱悅飯店也在名單之內，他已經事先取得建築圖面，也選出了炸藥的設置點。所有事前工作都早已準備周全，實際上的作業時間還不到一小時。

雖然避難者都站在遠離崩塌危險區域的地方，但是眾人直接遭到粉塵洗禮，還是陷入一陣混亂，爭先恐後地四散逃跑。切嗣看著群眾往來奔逃，等到風壓終於停歇的時候，點燃叼在口中的香菸。

「舞彌，妳那邊情況如何？」

『三十二樓到最後都沒有任何動靜，目標沒有逃到大樓外。』

這麼說來——切嗣帶著冷淡的滿足感瞥了一眼冬木凱悅飯店歸於塵土後的殘骸，在心中想著——人稱『艾梅羅伊爵士』的可憐肯尼斯一定成為那堆瓦礫山的一部分了。

肯尼斯所在的第三十二層樓因為爆炸拆除的連鎖破壞反應而失去支撐力，最終等於從距離地表一百五十公尺的高度以自由落體的方式砸落地面。就算用再強的魔術結界強化防備，也無法保護室內的人從這種毀滅之下逃出生天。

一陣孩童的啜泣聲把切嗣的注意力從瓦礫堆中拉回來。

一名母親抱著受到驚嚇而哭泣的小孩子，踩著穩定的步伐走過切嗣身邊，除了身上被粉塵沾得灰白的睡衣之外一無長物。看起來讓人頗感淒涼。

切嗣凝視著兩人的背影，久久無法移開視線……等到香菸燙到手指才終於恍然回神。他把半根都已經化成煙灰、只抽了幾口的香菸扔在地上用力踩踏，排除心中的焦躁。

衛宮切嗣絕對不允許自己心中因為感傷而迷惘，這種弱點攸關生死。可是逃避自己的失敗，也不算是冷靜的態度。

是的，切嗣不想承認，不過那的確是事實——雖然只有一瞬間，但是剛才他把伊莉雅與愛莉的形象與那對從慘劇中逃出的母子重疊了。

過去切嗣的所作所為是一種「犧牲的區分」，用同等的價值計算所有生命，選擇犧牲較少的道路。在他的判定之下，就算是女人小孩的性命也沒有特別待遇。

聖杯將會拯救世界，而肯尼斯是為了得到聖杯而不得不排除的障礙。在冬木凱悅飯店的旅客約有百來人。相對地，聖杯能夠拯救大約五十億以上的人。必要的話，就算要讓所有旅客全部跟著肯尼斯一起陪葬，切嗣也在所不惜。

既然如此，為什麼自己還要特別事先演出這場小火災的騷動呢？

當初切嗣認為這是很合理的計策。這場假戲是為了讓肯尼斯對敵人的襲擊產生戒心，採取閉門對策，防止他發現另有陷阱存在。事實上這個計策也的確發揮了功效，那個天才魔術師似乎對防衛戰有絕對的自信，繼續留在陷阱之內不肯出來，殊不知整層地板竟然會完全崩塌。

可是自己真正的想法只有這樣嗎？

會不會是心中的感傷想讓無關的旅客避難，無意識間暗暗作祟呢？

如果真是這樣的話，這種致命的天真情感在戰場上必定會要了自己的性命。

為了要平息心中產生的稍許動搖，切嗣重新點起一根香菸。

真是退步了。很明顯地，現在的衛宮切嗣不如九年前的自己，這樣子想要贏得聖杯戰爭簡直是在作夢。一定要想辦法回復以前的冷酷與判斷力，早一刻是一刻。

深夜的城市因為異變而甦醒，終於開始呈現出騷動的徵兆。斜眼看著好事的人群一批一批聚集在馬路上，切嗣深吸一口氣，把紫煙吸進胸膛中轉換心情之後，將手機放在耳邊想要指示舞彌撤退。

可是傳進他耳裡的不是部下的聲音，而是兵刃發出的冰冷金屬聲響。

×　　×

這裡是一片無名的鋼骨樓面。在工程落成之後，這裡將會是冬木中央大廈第三十八層樓。

現在營造工程的進度超過一半，將要開始建造外裝。這棟未來將是冬木市地標的複合式商業大樓表面現在還裸露出鋼筋水泥，暴露在吹過夜空的強風之中。

這一片虛空中的黑暗距離地面的燈火與天上的星光一樣遙遠，久宇舞彌就身處這片黑暗中，單膝跪地，動也不動。她的肩上剛剛還駕著裝有夜視裝置的ＡＵＧ突擊步槍，現在則已經放在她跪立的左膝上。

他們原本計畫萬一魔術師肯尼斯識破切嗣的陷阱，想要從窗外或是屋頂上逃脫的話，舞彌就會從這裡開槍射殺他。結果這項防範最終只是杞人憂天罷了。

『舞彌，妳那邊情況如何？』

在地面上的切嗣經由她放在耳中的耳機出聲問道。因為要用雙手使用步槍，所以舞彌在手機插上耳機以空出兩手。

「三十二樓到最後都沒有任何動靜，目標沒有逃到大樓外。」

舞彌簡短地向嘴邊的麥克風報告她所看到的一切。雖然剛剛才目睹一場驚天動地的大破壞，但是她的神情感覺不到一絲激昂。

舞彌在這裡的監視工作結束了，她把彈匣與槍身從沒有派上用場的步槍上卸下放進盒中，然後把槍盒扛在肩上，起身往下樓的樓梯走去。

就在這時候，她發現有異狀。

那不是氣味或是聲響之類的徵兆，而是更抽象的氣息變化。只有歷經生死關頭所鍛練出來的戰士直覺才能確實感覺到這種氣息。

「——妳的感覺很敏銳，女人。」

停下腳步的舞彌背後傳來一道低沉而冷漠的男性嗓音，聲音在四周林立的鋼柱中迴盪，聽不出是從何處傳來。

舞彌沒有開口詢問，只是冷靜地如刀鋒般集中精神，一邊搜索四周，一邊自腰際的槍套中拔出 9mm 口徑的 Glock 手槍。

在現場有第三者，而且那個人還是衝著舞彌而來——光就這點理由，她就已經把對方看作是必須射殺的目標了。

「——哼，而且還是個行事果決的女人。」

尚未現身的男人語調中多了一點略帶譏諷的含笑。

有一件物事從一根鋼柱的陰影中畫出一條徐緩的拋物線，扔在舞彌的腳下。

舞彌迅速把槍口對準投擲物，當她看出那不是危險物體的時候，立刻轉向瞄準投擲者所在的位置。但是她的眼角餘光還是緊緊捉住那個掉落在腳下的物事，因為她實在無法不去注意。

那個東西是一具小動物的屍骸。

那是一隻蝙蝠，而且腹部還綁著一臺ＣＣＤ攝影機。那隻蝙蝠正是舞彌所放出的使魔，自從派到冬木教會附近待命之後就失去了消息。

對方特意把這隻蝙蝠屍體扔給她看，那麼那個人的身分當然不言自明了。對方似乎也不打算躲藏，慢慢從藏身的鐵柱陰影後走出來，出現在舞彌的視線與槍口之前。

那是一名身形高大的男子，渾身散發出難以形容的壓迫感。那名男子一身漆黑的僧衣，就像是地面上的黑影化為立體，站了起來。舞彌對那個人並不陌生。

「言峰、綺禮……」

「哦？我和妳應該是第一次見面。還是有什麼原因讓妳認識我？那我大概也知道妳的來歷了。」

舞彌發覺自己不小心喃喃出聲，在心中咂舌。

綺禮完全看不出對舞彌的槍口有任何恐懼，泰然自若地繼續說道。

「如果是這樣的話，妳應該還知道一些其他事情吧。妳知道這裡是監視冬木凱悅飯店第三十二層樓的絕佳位置，也知道是誰住在那棟飯店裡。」

舞彌這次不再言語，但是她的心裡正在全心全意思忖為什麼聖杯戰爭的其中一位召主……而且還是之前一直藏得很隱密的言峰綺禮會大搖大擺地出現在這裡。

另外一方面，綺禮稍稍轉頭朝向大樓外，向已經消失地無影無蹤，只留下一團粉塵煙霧的冬木凱悅飯店的位置看了一眼，詫異地長嘆一口氣。

「——沒想到你們竟然連整棟建築物一起炸掉。如此不擇手段的人實在不像是魔術師。或者應該說，他很擅長針對魔術師的弱點下手？」

「……」

舞彌一驚，發覺到這個男人竟然知道衛宮切嗣的事情，正好如同切嗣知道言峰綺禮一樣。

「不要只讓我一個人說話，女人。妳只要回答一個問題就好了——原本應該代替妳來的男人在哪裡？」

聽到他這麼一問，舞彌不再對言峰綺禮做任何揣測。她的結論是根本不用理會對方有什麼意圖，除了殺死這個男人之外不做他想。

舞彌的速射槍聲毫不間斷，發出連續三聲轟鳴。9mm口徑被稱為軍用彈，固然具有足夠的殺傷力，但是還稱不上非常充分，因此對腹部連開三槍是專業人士的常識。與其瞄準小面積的致命要害，倒不如攻擊面積大、比較好瞄準的部位讓對方重傷。這正是殺人射擊技術的鐵則。

但是全金屬外殼的鉛彈打穿的不是僧衣之下的內臟，而是硬脆的水泥地面。

綺禮閃身的動作確實快得讓人難以置信，但並非真的比槍彈的超音速還要快。他的動作只是比舞彌瞄準目標後扣扳機的思考速度還快了一步而已。值得驚嘆的是綺禮的戰術判斷，他是由舞彌的視線看出瞄準點，再從她為了預防槍枝後座力而緊繃的四肢來判斷開槍時機才得以閃開子彈。雖然這與魔術無關，但也非常人所能為。

不只如此——

身子迅速一閃，躲進掩蔽物之後的人反而是舞彌。她空出來的右手沾滿黏稠的血糊，原本應該握在手中的Glock手槍摔落在地上，發出空洞的聲響。她驚訝的眼神注視著一道冰冷的劍光插在剛才位於她背後的鋼柱上。

劍刃長度超過一公尺的薄刃雖然讓人聯想到西洋劍。但是以刀劍的標準來看的話，劍柄實在太短。這是一種聖堂教會的代行者使用的特殊投擲武器，稱為『黑鍵』。剛才淺淺割傷舞彌的右手背，讓她放開Glock手槍的就是這支劍。綺禮在閃開槍口彈道的同時，順勢射出這支劍。

雖然是手擲武器，威力卻足以刺進鋼柱。但是綺禮這一招不是要致舞彌於死地，只是為了把Glock手槍從她手中奪走而已。綺禮的意圖不只是搶下武器，還想要剝奪舞彌的戰意吧。他想要捉活口——舞彌還沒回答剛才他的問題。

「動作也十分俐落，看來妳受過相當程度的鍛練。」

綺禮逆轉攻守局勢，完全取得上風。他不疾不徐地緩步走來，兩手又各自抽出一支黑鍵。修長的劍刃是使用魔術所構成的半實體，攜帶時只要貼身收藏短小的劍柄部分即可。舞彌無法看出在綺禮那件長長的僧衣之下還藏有幾支黑鍵。

在聖堂教會裡，黑鍵雖然是代行者其中一款基本配備，但是使用起來很困難，聽說只有一部分高手能夠應用在實戰當中。看來舞彌遇見的，就是這種少見人物當中的其中一位。

舞彌不是武者，而是士兵。她對於自己學到的戰鬥技術沒有任何驕傲與喜好，只會考量其效果優劣而已。而她的思考毫不猶豫地承認「戰敗」，言峰綺禮的戰鬥能力遠遠超過自己。她沒有裝備、沒有戰略，也不占有任何地利之便。在這種情況下不能和他對抗。

『怎麼了，舞彌？發生什麼事了？』

耳中的對講機傳來切嗣詢問的聲音，口袋中的手機和人在地面上的切嗣還是接通的。可是舞彌不能回答，她的聲音會被綺禮聽見。這位恐怖的代行者真正要找的目標不是舞彌，而是切嗣。就如同綺禮所料，她就是切嗣的部下，聽從切嗣的指示行動。她絕對不能在此時此地讓綺禮掌握到實證。

「怎麼？妳不尋求支援嗎？衛宮切嗣應該就在附近吧？」

綺禮已經直言不諱地說出那個名字。他同樣也確信如果艾因茲柏恩招攬的切嗣也和這次聖杯戰爭有關的話，絕對會在今天晚上行動。

經由迪爾穆德的傳說，黃色長槍的詛咒效果已經揭曉了。現在其餘六名從靈全部健在的狀況下，Saber 在第一戰就被封住一隻手，很可能頭一個被淘汰出局，處境相當艱難。盡快把詛咒的根源 Lancer 除掉，絕對是艾因茲柏恩陣營的當務之急。

所以綺禮在肯尼斯的據點旁撒網，等待襲擊者找上門來。本以為出現的人一定是衛宮切嗣，結果卻是另一個人，但是綺禮確信她一定是聽從切嗣的指示行動。現在追捕的這個女人就是讓他找到切嗣的關鍵人物。

不可以殺她，要活捉。不過只要她還能開口說話就夠了，不需要把手腳留下來。

綺禮在心中做出冷酷的判斷，步步朝著藏身鋼柱之後的女人逼近。對手應該已經沒有武器了，已經拆解的自動步槍不可能立刻重新組裝，也沒有時間讓她跑去撿拾被打落的手槍。勝負已定。

可是這時候發生了一件完全意想不到的障礙，阻礙了綺禮的行動。

一道白色的帳幕突然衝進他與眼前的獵物之間，完全遮蓋住他的視線。化學反應的刺激臭味直衝鼻腔。

「煙幕!?」

軍用攜帶式煙霧筒的煙霧迅速蔓延開來，籠罩四周。趁著綺禮因為視線被遮蔽而止步的這段空檔，迅捷如脫兔的腳步聲在水泥地上迴盪遠去。

綺禮本來想要憑著腳步聲朝逃跑的女人射出黑鍵，但是在最後關頭還是打消這個念頭。身為代行者身經百戰的直覺告訴他不可以輕舉妄動。

綺禮雙手提著黑鍵，小心翼翼地探索四周的氣息，等待煙霧散去。因為這棟大樓的內部裸露，有強風吹過，濃密的煙霧不消幾秒鐘就被吹散。但是這段時間已經足夠讓那個女人跑得無影無蹤了。

知道這個無人的樓層裡只剩自己獨自一人，綺禮冷哼一聲，收起黑鍵。他不打算繼續追下去，敵人是個不容小覷的人物。

掉落在地上的煙霧筒就像是對方留下的小禮物。綺禮把它撿起來，仔細檢視。那是美軍配備的投擲式煙霧筒，不是什麼特殊的東西，只要有適當的管道誰都可以取得。

煙霧筒不是那女人扔出來的。如果察覺她有這種意圖，綺禮早就射出黑鍵阻止她了。這是另外有人丟到綺禮面前的，為了掩護那個女人逃走……

當然，這棟樓層沒有第三個人。換句話說，只能判斷這個煙霧筒是從大樓外面扔進來的。

綺禮走到樓層邊緣，不顧強風吹得僧衣翻飛，極目下望。

冬木凱悅飯店已經消失，現在周圍已經沒有類似高度的大樓建築了。如果是從地面上對準這層樓扔上來的話——高度差有一百五十多公尺。就算使用榴彈發射器，想要射得如此精確也非常困難。假如是使用手擲式煙霧筒的話，這種笑話還真讓人笑不出來。

但是綺禮是獵殺異端的代行者，曾經收拾掉眾多魔術師。他早就已經習慣和不合常理的敵人交手，這種程度的怪事不值得大驚小怪。

眼下街燈閃閃爍爍，燈光之間籠罩著一大片黑暗。阻礙他的魔術師就在這片黑暗之下的某處。

只要確認這件事，今天晚上就算不枉此行了。

此時，綺禮感覺有一股異樣的冰冷氣息悄悄靠近身邊。

「是Assassin嗎？」

「是，打擾您了。」

裹著漆黑長袍的身影以跪伏在綺禮腳邊的姿態現出形體，他的確就是暗殺者的從靈——這是不久之前在遙遠的國道旁森林中目睹Saber與Caster會面的三位Assassin之中，接下傳令任務的那個人。

「我應該已經說過，不可以任意在市街中現形。」

「非常抱歉。但是有一件事必須盡速向您報告，所以……」

-144:09:25

一連串激戰的夜晚終於結束，東方的天空開始露出魚肚白的時候，綺禮使用魔導通訊機呼叫位在深山町的遠坂宅。這是因為父親璃正也要列席，召開一場緊急對策會議。

『是嗎？終於也掌握Caster的行蹤了。』

時臣的聲音從黃銅喇叭中傳出，聽起來似乎很滿意。綺禮與Assassin的工作發揮出預期的效果。他雖然被自己的從靈弄得一個頭兩個大，但是徒弟那邊的狀況非常順利。

「對方不愧是魔術師的英靈，就算是我的Assassin，想要靠近『工房』附近而不被發現也很困難。但還是成功確認大致的位置，現在已經包圍那一帶進行監視。Caster在工房外的動向完全都在掌握之下。」

『也就是說Caster沒有躲在工房裡，經常在外面活動？』

「是的，關於這件事……」

綺禮可以預料時臣聽過他的報告之後會有多憤怒。想到這一點，他說話就有些遲疑。Caster與其召主的行為已經造成嚴重的事態。

「……那兩人從深山町到鄰市，一家一家到處誘拐睡夢中的兒童。到天亮為止已經抓了十五人。他們的行動大致上都很順利——可是其中三家有家人醒來引起騷動，最後導致全家滅門的結果。」

光從通訊機另一頭的氣息就能清楚感受到時臣的震驚。在對方開口之前，綺禮繼續說下去：

「Caster使用魔術毫無顧忌，事後也完全不掩飾痕跡。聖堂教會的工作人員現在正依照父親的指示進行掩蔽工作……但是我不認為Caster和他的召主之後會改正他們的行為。」

『……他們到底在想什麼？Caster的召主是什麼人？』

「根據Assassin的聽覺偷聽到那兩人的對話研判——召主似乎在召喚Caster之前就已經從事過數次類似的暴行。雖然還沒有確實的證據，不過我想那個男人可能和現在甚囂塵上的連續殺人犯是同一人。」

『……！』

時臣發出苦澀的呻吟，沉默不語。

從這個月開始讓新聞報導議論紛紛的神祕連續殺人犯『冬木市惡魔』是一名窮凶

惡極的狠毒罪犯，犯案手法之殘虐近年少見。光是在市內就已經犯下四件案子，而且最後一件凶案是潛進就寢中的人家，把一家子全部殘殺殆盡。冬木市的警察已經設立搜查本部，聯合鄰近的轄區全體總動員，務求早日破案。但是現在別說找不到嫌疑人，就連犯人像都還無法特定出來。

在聖杯戰爭進行的同時，偏偏有人惹出這麼大的麻煩，對時臣來說完全是一個惱人的禍端。不過對其他召主而言，他們應該也有同樣的想法。聖杯戰爭必須在不為人知的狀況下進行，這是絕對不變的原則。應該不會有人希望這時候發生任何事端，讓世人的目光注意到這塊土地。

再說所謂的魔術師就是肩負神祕奇蹟的人，無論是誰都要盡全力隱藏自己的所作所為，不讓魔術的存在被世人知道，無法徹底守密的愚蠢之徒立刻就會被魔術協會排除。只要事關湮滅跡證，魔術協會的態度總是十分堅決而且徹底執行，沒有一位魔術師不畏懼魔術協會的究責。

因此——就算只是一位微不足道的低下魔術師也不會做出連續幾天登上報紙頭條的無法暴行，更遑論是一位身邊跟隨著從靈的召主。以這兩種意義來說，這都是不可能發生的事。

『……關於那兩個人，有沒有什麼線索可以知道他們身分？』

「有聽到他們雙方的稱呼，召主的名字叫做『龍之介』，Caster 好像是被稱呼為『藍鬍子』。」

『藍鬍子？那 Caster 的真名就是吉爾・德・雷伯爵嗎？』

「我認為很有可能。畢竟他是因為沉淪於煉金術與黑魔術而出名的人物。」

藍鬍子的傳說非常有名，以他的威名來說，被聖杯召為從靈也沒有什麼好奇怪。只是他的性質與英靈完全相反——根本可以稱之為『怨靈』。

「從他們兩人的對話中聽來，這個叫做龍之介的召主不但沒有聖杯戰爭的知識，似乎就連身為魔術師的自覺都沒有。」

『想必一定是這樣。十之八九是沒有魔術素養的局外人在偶然的機會下正好和從靈締結了契約……那位召主已經完全變成從靈手中的傀儡了吧。』

「不，這個嘛……」

饒是綺禮見多識廣，回想起藉由 Assassin 的耳朵所聽見的對話內容也不得不支吾其詞起來。

「……Caster 自己的言行舉止似乎也很不正常。一直說些什麼聖杯已經在我手中、貞德・達爾克的救贖之類的莫名其妙的話。

這是我個人的想法——Caster 和他的召主可能已經完全不把聖杯戰爭當一回事

了。」

聽見這句話，時臣重重地嘆了一口氣，好像要吐盡心中的怒氣。

『精神錯亂而失控的從靈，還有無法約束從靈的召主。真不懂這種人到底為什麼會被聖杯選上……』

從靈會攻擊人——這件事本身絕不算什麼奇怪的事情。從靈是以魔力為糧食的靈質存在，不只是召主供給的魔力，殺人之後吞噬犧牲者的靈魂也可以讓他們得到力量。無法供給從靈充足魔力的弱小魔術師，有時候也會藉由奉獻活祭品的方式補充不足的魔力。

時臣早就已經料到這次聖杯戰爭中可能也會出現這種人。這倒是無所謂，魔術師本來就是超脫常理的人類，不以倫常觀念評斷是非對錯。就算有無辜的一般平民犧牲，只要能夠謹慎小心地湮滅痕跡，暗自進行的話他是可以默認。

可是像這樣肆無忌憚地展開瘋狂殺戮，引起不必要的騷動當然絕對不可原諒。

「我們不能放任他們不管，時臣。」

璃正神父的表情非常難看，插口說道。

「Caster 兩人的行動顯然會對這次聖杯戰爭的進行造成阻礙，他們已經嚴重違反規則。」

『這是當然。且不論聖杯戰爭如何，我肩負隱藏魔術的責任，同樣也絕不能放過他們。』

遠坂家族代代都是冬木之地的第二管理者——意思是說，魔術協會將這塊土地的靈脈管理以及監視異象的權利責任直接委託給他們。遠坂家之所以能夠躋身為『初始三大家』，其中一個很重要的原因，就是他們將自己管轄的土地提供出來當作聖杯戰爭的舞臺。

因此站在時臣的立場，他必須要阻止Caster等人無法無天的行為。不是因為他是爭奪聖杯的召主，更重要的是因為他是此地的管理者。

「第四次殺人事件之後接連發生的兒童失蹤事件，恐怕也是這兩個人幹的好事吧。」

綺禮語氣平淡地陳述己見。

「光是已經報導出來的失蹤兒童就有十七人，如果加上今天早上的『再次調貨』，人數一下子就超過三十人，我想今後他們的行為還會越來越激烈。父親，必須盡早想辦法。」

「嗯，這個問題已經不光是靠警告或是懲罰就能解決了。除了將Caster以及他的召主消滅之外別無他法。」

「——問題就出在這裡。只有依靠從靈的力量才能對抗從靈。話雖如此，我的Assassin 不能派出去執行任務。」

綺禮說得對。他們特地想了一個計策隱藏 Assassin 的存在，這時候當然不能派他到外面拋頭露面。

璃正神父默不作聲地沉吟一陣之後，對時臣提出他的建議。

「在我這個監督者的職權範圍內允許某種程度的規則變更。先暫時停止正常的聖杯爭奪戰，動員所有召主一同討伐 Caster 吧。」

『喔……您有什麼妙計嗎？神父。』

「我會準備對往後戰局有利的獎賞給收拾掉 Caster 的人，其他召主也不希望因為 Caster 一個人失控，最後導致聖杯戰爭破局吧，他們一定會接受。」

『——原來如此。也就是說改變遊戲的方針，比賽獵狐是嗎？』

雖然有些人在昨天晚上的混戰中負傷，但是實際上現在還沒有任何一位從靈被淘汰。如果被所有從靈一起當作狙殺對象，Cater 的命運必定如同風中殘燭一般，朝不保夕。

『但是如果對方因為消滅 Caster 的報酬獲得太大的好處……事後可能反而會對我們造成不利。』

聽見從通訊機傳來的時臣之言，璃正神父露出意義深長的微笑。

「我當然不希望看到這種事情發生。讓其他獵犬追殺 Caster，等他的戰力消耗殆盡之後，最後下手取他性命的仍然必須還是 Archer 才行。」

『——原來如此，的確是這樣。』

只要有綺禮的 Assassin 當眼線，要找出適當時機下手輕而易舉。就算戰爭的規則變動，遠坂陣營的戰術還是不變。

「那麼我現在就去準備召集其他召主。」

方針已定，璃正神父離席走出地下室。就在綺禮也要起身退出的時候，時臣出聲叫住他。

『——對了，綺禮。我聽說昨天晚上你離開冬木教會進行行動？』

綺禮早就知道時臣一定會追究。時臣的徒弟對外已經是聖杯戰爭的落敗者，受到教會的庇護，當然不能隨意在外面走動。

「對不起，我知道這樣很危險，但是因為我被煩人的間諜給纏上，為了處理才不得已……」

『間諜？有間諜來偵察身在教會的你嗎？』

時臣的語調變得更加嚴肅了。

「請您不用擔心。我已經封了那個小賊的嘴，萬無一失。」

綺禮順口說出這句話之後，發現他第一次對老師說謊竟然不覺得有任何罪惡感，連他自己都感到很驚訝。

『為什麼不使用從靈？』

「我認為只是一件瑣碎小事，不需要動用從靈的力量。」

兩人之間好一陣子不說話，沉重的靜默透露出時臣的不悅。

『……確實。我能理解像你這樣高超的代行者會依賴自己的武藝。但是在現在這種局面之下，你不覺得這麼做是否有些太過輕率了？』

「是，今後我會多加小心注意。」

又是另一個謊言。

從今以後自己還是會經常悄悄前往戰場，追尋衛宮切嗣的身影，直到找到他的那一刻為止。

通訊機自此不再傳來任何聲音，綺禮告辭之後離開地下室。

當綺禮打開一樓分配給自己的房間房門時，頓時身陷一種不自然的感覺，好像誤闖進別人房間一樣。

不是說氣味或是溫度有什麼不一樣，而是某種只能以氣氛兩個字形容的環境感明顯改變了。原本十分樸素的綺禮房間充滿華貴高雅的氣氛，彷彿變成宮廷樓閣中的一室。

房內的擺設或照明當然還是完全沒有改變，單純只是因為有一名男子悠然地靠在長椅上而已。

那個無端占據房間的人物讓綺禮大感意外，他驚訝地皺起眉頭。

「——Archer？」

形如熊熊烈火的金髮以及如紅寶石般鮮紅的雙眸。那個人不是別人，正是遠坂時臣的從靈，英雄王基爾加梅修。而且他的打扮不是原本英靈型態的金黃色盔甲，而是身穿皮草滾邊的琺瑯亮皮外套，再配上一件皮褲的現代風格裝扮。

自從召喚出來之後，這位英靈一直仗著單獨行動的技能任意四處遊覽。最近在靈體的狀態下活動已經無法滿足他，不僅現出實體，甚至還換上『休閒裝』，晚上大搖大擺地在街上漫步。綺禮曾經聽過時臣帶著一絲發牢騷的語氣說起這件事，但是他作夢也沒想到，基爾加梅修竟然會跑到自己的房間來。

Archer對擅闖他人房間的行為一點都不以為意，還把擅自從櫥櫃中取出的紅酒倒進玻璃杯中，優雅地品嘗著。

「雖然數量不多，但是這裡的珍品比時臣的酒窖還要齊全。真是個糟糕的徒弟啊。」

「……」

綺禮無法判斷對方來訪意欲為何，只見桌上林林總總地擺滿酒瓶，看來他把房內所有的酒全部拿了出來，似乎正在品酒。

旁人看來或許會覺得很意外。綺禮有個怪癖，只要聽說哪裡有頂級美酒，就會不管三七二十一先買下來。

酒類是一種越是講究品質就越覺得無窮無盡的深奧世界。既然如此，說不定會有某種味覺能夠填補綺禮心中的空洞。如果真的有這種邂逅的話，就算沉溺在酒精之中倒也不錯——這位已經走投無路的修道者曾經半認真地這麼想過。

可是直到目前為止，綺禮對酒類的涉獵從來沒有得到任何回報，只是讓一些豪華品牌的酒瓶越積越多而已。他當然從沒想過要拿這些酒招待客人，更別說是一個不請自來的醉漢。就算對方稱讚自己的酒好，他也不會想要款待這種人。

「你到底有什麼事？」

綺禮耐著性子問道。Archer舉起酒杯，用一種耐人尋味的眼神回視他。

「因為除了本王之外，好像還有其他人也覺得無所事事。」

「無所事事？」

雖然口中這麼回問道，但是綺禮心中立刻就察覺Archer的言外之意——雖然不清楚他從何得知，不過這個英靈知道綺禮昨晚做出違反時臣意思的舉動。

「叫綺禮的，如何？一直侍奉那個遠坂時臣也無法讓你的心靈獲得滿足，對不對？」

「……現在你開始對契約感到不滿嗎？基爾加梅修。」

綺禮沒有回答Archer的疑問，只是很不高興地回問他。就算對方是傳說中的英雄王，綺禮一點都不覺得畏懼。不管時臣個人怎麼想，從靈畢竟還是召主的僕人。無論這位英靈是什麼了不起的人物，只要他還是弓兵從靈，就只能屈居於時臣之下。和身為時臣直系弟子的自己相比，頂多也只是立場輩分相同，沒有理由對他過度謙卑。

綺禮的態度並沒有觸怒Archer，他只是冷哼一聲，品嘗玻璃杯中的美酒。

「召喚本王的乃是時臣，此身能夠維繫在現界也是因為有時臣的供養之故。更重要的是他對本王行臣下之禮，要本王回報他的敬意也並非不可。」

說完這番規矩地讓人出乎意料的話之後，基爾加梅修異於常人的火紅眼眸露出憂鬱的神色。

「可是老實說，沒想到他竟然是如此無聊的人，一點趣味都沒有。」

「……沒想到一個從靈竟然說出這種話，真讓人意外。」

綺禮實在太過訝異，心中對Archer無禮厚顏態度的怒氣，以及不知他來訪真正用意的猜疑心都已經漸漸消退。在這種奇妙的輕鬆氣氛之下，綺禮幾乎已經容許 Archer 在這個房間裡占有一席之地。

「時臣導師的領導真的有那麼無聊嗎？」

「簡直無聊至極。說什麼想要利用萬能許願機的力量到達『根源之渦』？世界上竟然有這麼無趣的願望。」

英雄王一聲失笑，將所有魔術師渴望不已的崇高境界貶得一文不值。但是綺禮多少能夠了解他的感覺。

「對於『根源』的渴望是魔術師特有的願望，局外人沒有資格插嘴。」

「話雖如此，不過你好像也是局外人哪，綺禮——而且我聽說你的立場原本和那些魔術師對立，不是嗎？」

Archer 似乎也已經對綺禮複雜的立場有所聽聞了。這名男子看似唯我獨尊，消息倒是非常靈通。

綺禮雙臂環抱，思考了一會兒。如果不是以遠坂時臣徒弟的身分，而是站在聖堂教會・第八祕蹟會代行者的立場上來看，時臣的聖杯戰爭究竟有什麼意義。

「……追求『根源』的路程也就是超脫於世界的『外側』。這種超脫不會對『內側』這個世界帶來任何改變。對於目光只放在『內側』的教會來說，魔術師的探索一點意義也沒有，只認為他們的意圖很無聊而已。」

「原來如此。本王只要享受這個屬於本王庭園的大宇宙確實就已經心滿意足了。」

Archer 這句話把整個世界都當成他自己的所有物，的確是英雄王特有的狂傲。

「本王對不是自己支配的領域沒有興趣，也不在乎什麼『根源』。」

綺禮露出苦笑，沒想到這個 Archer 竟然和魔術師完全相反，也難怪他不喜歡遠坂時臣這種模範魔術師。

「如果聖杯單純只是為了追求『根源』而存在的特殊裝置，就算那些魔術師殺紅了眼，聖堂教會也不會插手。可是很不幸，聖杯是『萬能』的，擁有能夠改變世界『內側』的無限可能性，可以說是一種終極異端，對我們的信仰造成威脅。

所以聖堂教會才會選上遠坂時臣。正因為那種危險的異端不能置之不理，如果能夠把那股力量耗費在一件『既無聊又沒意義』的用途上，這也是我們樂見的結果——只是我的父親除了這個原因之外，好像還別有一些私情。」

「那麼時臣以外的魔術師追求聖杯的動機都與時臣不同嗎？」

綺禮點頭回應 Archer 的問題。

「時臣導師不但是典型的魔術師，也是一個極右派。像他那樣徹底貫徹魔術師正途的人在現在已經不多了。其他人追求的大概都是塵世的名利吧。威信、慾望、權力……全部都是一些侷限於世界『內側』的願望。」

「那不是很好嗎？每一項都是本王的最愛。」

「你就是君臨於俗世之巔的君王啊，基爾加梅修。」

Archer露出冷笑，將手中玻璃杯的酒喝乾。看來他並沒有把綺禮的批評當成一種侮辱。

「綺禮，那你又是如何呢？你對聖杯有什麼願望？」

聽到Archer這麼問道，綺禮第一次覺得不知道該如何回答才好。

「我——」

對，這是最大的問題。為什麼聖痕會出現在言峰綺禮的右手上？

「我……沒有什麼特別想要實現的願望……」

綺禮的回答帶著一點迷惘。Archer聞言，紅色眼眸中閃動著詭異的光芒。

「這是不可能的。聖杯不是只會召集有資格得到它的人嗎？」

「應該是這樣沒錯。但是……我也不明白。我沒有想要成就的理想，也沒有應該達成的宿願，為什麼還會被選上參加這場戰爭。」

「這種問題有這麼困難嗎？」

Archer輕笑一聲，彷彿在嘲弄繃著臉孔的綺禮。

「既沒有理想，也沒有宿願。那麼只要追求愉悅不就好了嗎？」

「這怎麼行！」

綺禮的語氣下意識變得急躁起來。

「你的意思竟然是要服侍上帝的我去追求愉悅——沾染那種罪惡深重的墮落行為嗎？」

「罪惡深重？墮落？」

看見綺禮臉色大變，Archer越發覺得有趣，露出狡獪的笑容。

「真是太誇張了，綺禮。為什麼你會把愉悅與罪惡畫上等號？」

「這……」

綺禮不知道該如何回答。他甚至不知道現在自己到底被戳到什麼痛處才如此狼狽，越來越顯得不知所措。

Archer看著綺禮陷入沉默，好像在捉弄他一樣，志得意滿地繼續說道：

「因為為非作歹而得到的愉悅可能確實是一種罪惡，但是行善也會讓人感到喜悅，憑什麼道理斷言愉悅本身就是一種邪惡？」

綺禮不知道為什麼這種程度的問答竟然讓他詞窮。他陷入一種難以言喻的不安當中，彷彿在自己心中發現一塊完全未知的空白領域一般。

「——我心中同樣也不存在愉悅。我雖然追求快樂，但是卻找不到。」

雖然勉強擠出這麼一句回答，但是語調中卻缺少他平時的自信。這句話聽起來就像是在為自己找藉口一樣，毫無意義。

Archer那雙鮮紅的眼睛凝視綺禮，仔細打量他之後燦然一笑。那張笑臉有如一朵滴出毒液的鮮豔食蟲植物，充滿著不祥的氣氛，讓人毛骨悚然。

「言峰綺禮——本王突然對你感到很有興趣。」

「……你這句話是什麼意思？」

「就是字面上的意思。算了，你不用在意。」

Archer在酒杯中再次倒滿了酒之後，又把身子靠在沙發上，繼續說道：

「所謂的愉悅換句話說也就是靈魂精神的形式。要談愉悅的話，不是論『有』或『沒有』，而是『知道』或『不知道』。

綺禮，你還不了解自己的精神世界。你說你心中沒有愉悅，其實簡單說來就是這麼一回事。」

「你這個從靈——竟然想要對我說教嗎？」

「別自以為是了，雜種。這可是嘗盡人世間所有奢華與快樂的王者所說的話，閉起嘴巴仔細聽吧。」

綺禮直到現在才發現——雖然口頭上頗有微詞，其實自己已經有心想要聽聽 Archer 說的理論了。

時臣的從靈雖然說起話來口氣狂妄自傲又目空一切，但是不知怎麼著，綺禮卻不覺得討厭。

「綺禮，總之首先你應該學習何謂娛樂。」

「你說——娛樂？」

「沒錯。不要光注意內在，第一件事是把眼光朝向外界……對了，一開始就先讓你參與本王的娛樂好了，如何？」

「我現在沒有時間可以浪費在遊藝活動上。」

我和你可不一樣。綺禮在心中又加了一句。

「別這麼說，這件事在時臣交代你的工作閒暇之餘也能辦到。綺禮，說起來你的職責不是派出間諜追蹤其他五位召主嗎？」

「……是這樣沒錯。」

「那麼不光只是調查那些人的意圖或是戰略，連他們的動機也一併查出來，然後說給本王聽聽。這件事很簡單吧？」

如果只是這種程度的事情，確實和綺禮現在的任務相差不多。只要一整天竊聽監視對象與周遭人物之間的對話，自然而然就能夠推測出所有人想要追求聖杯的緣由。只要事先交代那些監視各個召主的 Assassin 也記下這類話題就可以了。

「——可是 Archer，你知道這些事又怎麼樣？」

「剛才不是說過了嗎？本王喜愛人類的恩怨情仇。現在這裡有五個人想要扭轉天理，甚至不惜依賴奇蹟，就是為了實現他們執著不已的願望。在他們之中一定會有一、二個有趣的人物。至少和時臣比起來會好上一些吧。」

綺禮非常冷靜地思考。除了衛宮切嗣以外，其他召主他全都不當一回事，而且也沒有道理要答應 Archer 的要求。但是這個從靈光是時臣一個人還無法完全掌控，如果綺禮也能以某種形式對他產生影響力的話，將來或許會對時臣陣營帶來有利的結果。

「……好吧，Archer。我接受，但是這需要一點時間。」

「沒關係，本王可以慢慢等。」

Archer 再次將玻璃杯中的酒一飲而盡，從沙發上站起來。綺禮感覺這個男子只要做出一點動作震動空氣，好像整個房間的照明都在搖動。或許這位已經得到了全天下獨一無二黃金律的英靈，身上總是散發出肉眼無法看到的閃耀光輝吧。

「今後本王還是會來光顧你的好酒。這裡的酒雖然稱不上是什麼瓊漿玉露，但都是一些佳釀，就這樣放在一個僧侶的酒櫃裡發酸也著實可惜。」

反正就算拒絕，Archer 也聽不進去吧。綺禮只是擺著一張撲克臉，不置可否。但是 Archer 似乎把他的態度當成一種允諾，帶著滿意的笑容走出房間。

剎那間，室內的光華盡褪，綺禮的房間氣氛又恢復原本的單調無味。

終於能夠獨自一個人靜靜，綺禮重新回想起剛才與那位奇妙客人之間的奇妙對話。

事實上這是他第一次直接與 Archer 對話，沒想到自己竟然會這麼喋喋不休地說個不停。

仔細一想，參加這場聖杯戰爭的人不論是召主或是從靈，應該都是一些拚了命想要達成自己長久夙願的人，但是那位我行我素的英雄王卻不是為了追求聖杯，只是因為不喜歡看到有人背著他爭奪寶物所有權而掀起風波，所以才會參加戰鬥。現在集合在冬木市的七位從靈之中，大概沒有第二個參戰理由比那位英靈更加淡薄的人。就這方面來看，綺禮和他倒是有相似之處——不曉得自己為什麼參加聖杯戰爭的召主，除了綺禮之外可能一樣也找不到其他人了。

不，綺禮參戰的理由必定存在，不然無法解釋為什麼他是繼遠坂時臣之後排名第二個獲得令咒的人。或許在綺禮自己都沒發覺的內心深處當中，他也渴望獲得聖杯的奇蹟。

但是他要的絕對不是 Archer 口中所說的「愉悅」。到目前為止，綺禮全部的人生都耗費在追求真理上，這一點是他絕對不會改變的堅持。

真正知道答案的人不是 Archer，應該另有他人。

衛宮切嗣。那名男子比任何人還要接近綺禮所追尋的答案。綺禮心中不禁浮出一個念頭，就像剛才和 Archer 交談那樣，如果他也能和那個男人有一場問答的話——

當然，雙方的立場截然不同。這兩人之間的關係來往不會是話語對談，而是槍彈刀劍吧。可是這樣也無所謂，綺禮只是想要了解切嗣這個人而已。那麼賭上性命的生死互搏，或許比任何話語更能清楚呈現出那個男子的心靈世界吧。

綺禮心中懷抱著空虛的願望，開始動手收拾 Archer 喝了一桌的酒瓶。

-140:41:54

在冬木凱悅飯店的崩塌現場，救難隊伍的救災作業徹夜進行。

事後發現飯店方面在引導旅客避難的時候有疏失。當初大樓崩塌時大家都以為飯店已經空無一人，後來才知道事實上還有兩位旅客留在裡面。

那一對據說將最高樓層的客房連同整層樓一起包下來的男女，幾乎已經沒有存活希望了，但是無論如何至少要找到遺體才行。在照明車上鹵素工作燈的照耀下，救難隊使用重型機具緊鑼密鼓地進行挖除瓦礫的工作。

就在旭日即將東升，所有隊員的臉上開始露出濃濃疲勞神色之時，有一件怪事發生了。

「找到奇怪的東西？」

接到通知而趕來的現場主任所看到的東西，是一個直徑將近三公尺多的銀色球體。根據報告，這個看起來怎麼樣都不像是大樓建材的物體突然憑空出現在瓦礫堆中。

「……內部的擺設嗎？會不會是放在觀景餐廳的裝潢之類。」

「如果是這樣的話，上面一道刮傷都沒有不是很奇怪嗎？」

如此說來，這個球體的表面上確實完全沒有破損，表面的光澤甚至就像是鏡子一樣明亮。

讓人誤以為這東西是剛剛才在這裡拋光打亮一般。

「看起來——好像有點像水銀滴。」

現場主任一邊說著心中驀然浮出的感想，一邊走近球體，伸手觸摸表面。

戴著手套的手掌陷進了銀色球體之中。

「？」

雖然嚇了一跳，不過仔細一看，他的手還是碰觸在球體堅硬冰冷的表面上，沒有任何異狀。

「主任？」

「……」

周圍幾位隊員好像沒有一個人察覺這件事，只是用狐疑的眼神看著現場主任一臉失了魂的表情，呆呆地站著不動。

「請問有什麼異狀嗎？」

「……必須要把這東西搬出去才行。」

「啊？」

「把它搬上卡車，動作快。」

現場主任的態度莫名冷靜，語氣強硬地對隊員發號施令。

雖然所有人都感到訝異，不過不論這個球體究竟是什麼東西，確實是一件必須盡快移除的障礙物。怪手馬上動工，挖起銀色球體，搬到卡車的貨臺上。

「奇怪，主任呢？」

等到其中一位隊員發覺的時候，剛才還在監督現場作業的主任已經不見人影了。就在不知所措的隊員背後，大卡車的引擎突然發動，排氣管的噪音轟隆響起。

當眾人發現眼神空洞的現場主任坐在卡車的駕駛座上慢慢轉動方向盤，駕駛卡車揚長而去的時候，一切都已經為時已晚。卡車的貨臺上載著那個銀色球體，就這樣消失在黎明的街道彼端。

五個小時後，在市郊外巡邏的警車發現了那輛追緝中的卡車，以及在車裡不省人事的現場主任。可是那時候卡車的貨臺上已經空無一物了。

× ×

「……」

「……」

「請問……這裡是麥肯吉先生的府上嗎？」

「嗯，這裡的主人確實是叫麥肯吉沒錯。」

「那個……請問這裡有一位叫做征服王伊斯坎達爾……大人……的人嗎？」

「就是朕。」

「……………哦哦，是這樣啊。哈哈……啊，麻煩請在這裡簽名收件。」

「要署名嗎？好——朕已經確實收到了。」

「感謝您的惠顧。打……打擾了。」

「嗯，辛苦了。」

在已經住習慣，就好像自己家一樣熟悉的葛連・麥肯吉家的二樓寢室裡，韋伯・費爾維特從睡夢中醒過來。

外面的日頭早已經高高掛在天上。這個慵懶的早晨並沒有什麼特別，只不過是在一個稀鬆平常的假日睡過頭而已。只要這樣想的話，彷彿就能輕易說服自己還是和平日一樣躺在床上，一如往常。

如果是現在，他甚至還可以把所有的一切都當成一場春秋大夢。那場淒絕的血戰、還有諸多大破壞……

但是令咒依然還留在右手的手背上。那些事情不是夢，韋伯是帶領 Rider 的召主，昨晚那場五大從靈的激戰全都是不折不扣的現實。

昨天晚上少年第一次踏上戰場，闖過生與死交錯的境界。

他感到恐懼、也覺得渾身打顫。他從未體驗過這種強烈的感覺。

可是現在尚留在他心中的感覺——不是驚恐或是類似的負面情緒。反而有一絲絲驕傲以及興奮在心中靜靜翻騰，把那種感覺直呼為喜悅卻又讓人覺得有些不好意思。

韋伯昨晚並沒有做出什麼驚人的大事，所有行動都是伊斯坎達爾一個人獨斷獨行，身為召主的韋伯只不過是在旁緊緊抓住他而已，毫無建樹。而且中途還昏了過去，沒有目睹整個事件到最後的發展。

但是對韋伯來說，那場戰鬥具有深遠的意義。恐怕唯有他自己才能夠理解他得到了什麼以及其價值所在。

Rider 面對眼前諸多的敵人，一古腦兒地說了很多話。在那場戰鬥中聚集的魔術師或是從靈可能之後都不會再想起他說了什麼，說不定他們打一開始根本就沒聽進去。但是唯獨有一句話，韋伯到現在都還放在心上。

「——就連露出真面目都不敢的膽小鬼豈夠資格當朕的召主——」

這是 Rider 對 Lancer 的召主所說出的汙衊之詞。豪邁的嗓音一聲大笑，就把那個讓人又恨又懼的艾梅羅伊爵士貶為懦夫。

Rider 所讚頌的蠻勇只不過是一種蠢笨的行為。如果戰鬥的主導權掌握在韋伯手中的話，他就會採取讓從靈正面迎戰敵人，自己躲起來觀察戰況的方法，也就是和肯尼斯完全一樣的方式，那才是正確的戰略。

但是——

『——能夠成為朕之召主的人必須是與朕並肩馳騁於戰場上的勇敢男子漢——』

韋伯絕不是自願陪 Rider 上戰場的。說實在，他等於是受到波及。他只是不想孤零零地被扔在大橋的鋼架上，才會像逃難似的坐上 Rider 的戰車。絕對不是想要彰顯自己的勇氣。

可是現在這些理由都不重要了。

到現在他還可以清楚回想起那時候 Rider 摟著自己肩膀的那隻手掌既寬厚又強而有力，鮮明的感覺足以讓他把那些道理全部拋到九霄雲外去。

那時候 Rider 確實指著韋伯，說自己有資格當他的召主。

這是把韋伯和那位人稱神童的知名天才講師，從前自己根本無法望其項背的艾梅羅伊爵士放在天秤的兩端相互比較，而且秤盤還是朝韋伯的方向傾斜。

終於有人認同自己的價值了——仔細一想，這是他懂事以來的第一次。

從前他一直認為別人的讚許一點價值都沒有，因為得到他人讚賞而沾沾自喜反而是一種愚蠢。以前從來不曾受人關注的少年一直如此深信不疑。

所以現在韋伯不曉得該如何面對心中這股讓人感到彆扭的喜悅之情。他無法壓抑欣喜不已的心，但是自尊心又不允許他這樣得意忘形。

那個從靈既傲慢又狂妄，在他的心中大概沒有一點對召主的敬重之意，不但如此，他甚至從來沒有用名字稱呼過韋伯——自己是否應該對他抱持感謝之意，就連之前那些諸般羞辱自己的行為也一筆勾銷呢？因為他是第一個賞識自己價值的人……

「……」

心中的念頭混亂雜沓，韋伯把頭縮進毛毯底下。從現在開始，今天一整天到底要拿什麼臉去面對那個巨漢從靈才好……

此時韋伯突然發覺，今天早上他沒有聽見平時從身邊不遠處發出的震天價響的打鼾聲。

韋伯用力掀開毛毯，探頭一看，原本應該還在地板上睡覺的Rider竟然不見人影。他那麼不喜歡靈體化，絕對不會沒什麼理由就解除實體，隱形起來。就算他真的隱形了，韋伯至少也能判別出自己從靈的氣息在哪裡。Rider現在不在這個房間裡。

韋伯試圖冷靜下來好好思考。今天早上自己睡過頭了，所以Rider先起床也沒什麼好奇怪。可是……問題是現在他不在這裡，也就是說Rider現在正在韋伯不知道的某個地方任意亂晃——

走廊的階梯傳來陣陣沉重的腳步聲。

那種聽習慣的沉重質量感本來已經讓韋伯放心了一半，但是他馬上察覺這腳步聲代表的意義，臉色又變得蒼白。

「哦，你醒啦，小子。」

Rider巨大的身軀慢吞吞從房門穿進來。就算韋伯已經看習慣了，那件厚重的胸甲還是和日常生活與一般常識非常不搭配，十分怪異。韋伯當然瞞著麥肯吉夫婦，沒有把從靈的事告訴他們。要是讓那對老夫婦看見這種荒誕不經的玩意兒，一驚之下搞不好立刻就讓施加在他們身上的催眠術破功。

所以對於平時堅決不肯化為靈體過日子的Rider，韋伯一直三令五申要他至少待在二樓房間裡不要出去——直到今天早上。

「……你……你就穿這樣子下樓嗎？」

「別緊張。如果你是擔心家主老夫婦的話，今天一早就出門去了。可是他們不在的時候有人來送貨，所以朕就去拿了。」

總之，知道 Rider 沒有和家主碰面讓韋伯先鬆了一口氣，但是聽見 Rider 說的話，他察覺事態更加嚴重，臉上更是毫無血色。

仔細一看，Rider 手中拿著一個貼有快遞傳單的小包裹。

「……你就這身打扮……到門口？」

「這有什麼辦法。有使者送東西來，總不能不慰勞一句話就這樣讓他回去吧。」

為時已晚，就算想掩飾都已經來不及了。

現在他只能想，幸好看到 Rider 的不是每天都要見面的同居人，只是路上萍水相逢的陌生人。說不定一個穿著希臘化時代鎧甲的壯漢住在這個家的傳聞會從送貨員的口中傳出，也只能希望這傳聞被別人當作一個不好笑的笑話了。

「我說，這包裹又不是給你的，慰不慰勞和你有什麼關係？」

「不，收到一看才知道這包裹是寄給朕的。」

「……什麼？」

Rider 洋洋得意地把包裹拿給韋伯確認小包裹的收件人名稱——上面整齊地寫著

『冬木市深山町中越二—二—八麥肯吉宅‧征服王伊斯坎達爾大人收』這種笑死人的內容。寄件人是『角色商品專科‧Animember 難波店』。

「……給我解釋清楚，Rider。」

「我嘗試買一次那種叫做通信販賣的東西。『世界軍事月刊』廣告欄裡有一件商品還滿吸引人的。」

「通、通販……？」

這麼說來，韋伯回想起幾天前，當他一如往常依照 Rider 的要求出門採買軍事相關的雜誌以及錄影帶的時候，不知道為什麼購物清單裡多了一項標準明信片。那時候韋伯也不知道 Rider 買明信片要做什麼。不對，那時候他已經差不多快要放棄嘗試去了解了。

「你到底是從哪裡學到這種知識的？」

韋伯可不認為聖杯給予的知識裡有包含目錄購物這一項……他真心希望裡面沒有包括這種常識。

「嗯？這種簡單的小事在書本裡或是錄影帶最後不是都有寫嗎？只要仔細慢慢看就很清楚啦。」

「你什麼時候跑去投遞……還有，你哪來的錢!?」

「沒問題，朕是申請使用貨到付款的方式。」

Rider一邊開朗地大笑三聲，隨手把錢包扔還給韋伯。看來他似乎是趁召主熟睡的時候自己拿走了錢包。

不管怎麼說，他可是一個沒常識到當真想要買隱形戰鬥機的傢伙，說不定會抱著好玩的心態買下什麼高價商品。韋伯還來不及生氣就已經先急得眼淚都要掉下來，趕緊確認自己的荷包。

結果當他看到萬元鈔的張數不變，只少了幾張千元鈔票之後，安心地深深嘆口氣。因為安心而過度放鬆，一個不小心就忘了要對Rider擅自拿走錢包的事發脾氣。這位少年對自己的笨拙沒有一絲自覺，不曉得對他究竟是幸運還是不幸。

Rider把韋伯撇在一邊，興高采烈地哼著歌打開包裝，發出一聲讚嘆，把包裹中的東西高高拿起。

「很好很好，朕很喜歡！實物比照片上看起來還要更加出色。」

「……T恤？」

那是一件XL尺寸，看起來頗為廉價的短袖印花T恤。一個主題標誌『Admirable大戰略Ⅳ』結合世界地圖印在胸口處。看來這是雜誌封面特輯附贈的遊戲周邊商品。

「來的正好。看到昨天Saber的打扮，朕也剛好有所感觸。只要穿上現代風格的服裝，即使以實體到街上走動，你也不會有意見了吧？」

這位英靈厭惡靈體化——或者應該說喜歡化為實體的傾向對韋伯是一項不算輕的負擔，但是沒想到他不但要實體化，而且還開始計畫到外面遛達。雖然現在已經來不及了，韋伯真的很想把昨晚讓他的從靈萌生這種想法的Saber與召主詛咒到死。

另外一方面，Rider則是馬上穿起新衣服，一個人喜孜孜地擺起姿勢來。

「呼哈哈！竟然能把世界全圖放在朕的胸膛上。哼姆！實在是痛快哪！」

「——哦，是喔。」

乾脆就這樣拉起毛毯悶頭睡回籠覺好了。這樣就可以把Rider那穿著印花T恤、雀躍不已的模樣從視線中趕出去，逃到美好的夢鄉裡。韋伯越來越覺得這對現在的自己來說是最好的選擇。等到下次他睜開眼睛的時候，說不定這個世界會變得比較正常一點。

可是這個讓人心動的選項，卻因為Rider接下來的行動而不得不放棄。

「……喂，Rider。等等，你等等！」

Rider若無其事地就要走出房間，韋伯趕忙把他叫住。

「你現在要去哪裡？」

「當然是要上街去，把征服王這身嶄新的威容展現給百姓們看看。」

在十一月份的寒冷天氣當中穿著短袖T恤的樣子已經夠奇怪了，但是還有一個更加嚴重的問題，在Rider壯碩的身軀上，除了一件T恤之外什麼都沒穿。

「出門之前先穿上褲子！」

「嗯？哦哦，你說綁腿啊。聽你這麼一說，在這個國家每個人都穿戴綁腿呢。」

沒有穿內褲的古銅色巨漢覺得有些困惑，拳頭按在額上轉了幾轉之後，以一臉認真的表情向韋伯問道：

「那個是一定要的嗎？」

「絕對不能少啦！」

不用洗臉，韋伯就已經完全清醒過來了。

雖然因為剛睡醒，腦袋還不是很靈光，但是自己剛才竟然差點就要接納這個沒有腦筋、沒有知識也沒有常識，和大猩猩沒兩樣的肌肉笨蛋。一想到這裡，不曉得因為悔恨還是羞恥，韋伯心中對自己感到憤怒不已。

「話先說在前頭，我絕對不會為了你大老遠上街去買特大號的褲子。」

「什麼!?」

Rider誇張地睜大眼睛，衝到韋伯跟前。但是韋伯已經吃了秤砣鐵了心——他今天絕對不會退讓。

「小子，難道你對朕的霸王之道有意見嗎？」

「霸王之道和你的褲子根本徹徹底底！從頭到尾！完完全全八竿子打不著！在你打算到外面逛街遊玩之前，至少先宰掉一個敵方的從靈！」

「呔！真是個毛毛躁躁的傢伙。要和從靈對打的話什麼時候都可以，不是嗎？」

「那你現在就去！現在就去隨便打倒一個人！這樣的話，你要褲子還是什麼東西我都買給你！」

Rider 發出低沉凶猛的咕噥聲，不再說話。

「……原來如此，朕明白了。你發誓反正只要摘下敵人的腦袋，到那時候你就會買褲子給朕穿，對吧？」

和韋伯的預料不同，沒想到 Rider 這麼輕易就讓步，反而讓韋伯覺得有些無力。

「……我說你啊，這麼想穿這件T恤在外面晃嗎？」

「那個騎士王小妮子都已經有過這種經驗了。身為王者，朕當然不能落於人後——更重要的是朕喜歡這件衣服的圖樣，非常適合當作霸者的服裝。」

這個超乎想像的笨蛋竟然被人當作英雄流芳百世，這該不會是過去的歷史學家們所開的一個天大玩笑吧？韋伯開始思考這個橫跨數世紀的神祕謎團。

就在這個時候，有一股既低沉又遙遠的爆裂音，轟地一聲撞進韋伯的耳中。不對，正確來說那並不是聲音。

雖然韋伯差點誤以為這是聽覺感受到的刺激，但其實那是一陣波動，觸動韋伯身為魔術師所鍛練出來的靈能知覺——也就是說那是魔力的脈衝。

「什麼？剛才那聲……是來自東邊嗎？」

身為從靈的伊斯坎達爾好像也聽見剛才那道無聲之聲了。

韋伯打開窗戶朝外面張望，可以看見在晴朗的天空上有一道類似煙霧的物體繚繞。看起來就像是剛剛飛上天的煙火殘渣，但是那陣煙霧就像被打碎的雲母一樣閃閃發光，顯然不是一般的煙塵。

雖然韋伯能夠清楚看見那道煙霧，但是與魔術無緣的一般群眾卻看不見。剛才那道聲音也一樣，在常人的耳裡聽起來就只是鞭炮程度的聲響吧，可能是有人引爆了混入某種咒香的火藥，射上天空的物體簡單說來就像是利用魔力點綴色彩的煙火。

「那個方向……我記得那是冬木教會附近吧。」

韋伯是參與聖杯戰爭的召主，擁有相關的基本知識，他很快便察覺這陣煙霧是什麼意思。

如果沒記錯的話，當監督戰爭的聖堂教會監督者有什麼重大的決定事項要通知各位召主的時候，就會利用那種狼煙傳遞信號。想要同時把消息傳送給不知各自身在何處的召主們，這的確是最合適的辦法。

「那和我們有關係嗎？」

聽見Rider這麼問道，韋伯有些不知道該怎麼回答。

「要說有關係的話也的確有關係啦，誰知道呢……」

實際上，韋伯沒有到冬木教會向監督者表明自己的召主身分。只要有人帶著從靈來到冬木之地，屆時那個人身為召主的身分就會自動確立。既然這樣，何必在乎教會的臉色——那時候韋伯是這麼判斷的。

第一，他拿到聖遺物的手段與經過，實在不值得拿出來說嘴。去了教會可能還會給自己平白惹出一身麻煩。

話雖如此，韋伯也不能對剛才出現在東方天際的召集狼煙視而不見。

就他所知，這種狀況前所未有，監督者召集所有的召主到底有什麼事……他能夠想到的就是變更某些規定，或是什麼帶有限制條件的通知事項，可能還會有其他相關情報公開也說不定。

有沒有獲得這些訊息，可能會成為左右今後戰鬥的關鍵。

考慮到必須收集與戰局有關的情報，說不定還是應該去聽聽監督者要說什麼事。

如果那件通知事項會成為絆腳石的話，到時候只要充耳不聞，當作沒聽過就好了。

「……Rider，買褲子的事之後再說。在那之前我們有工作要先做了。」

「到底是什麼事情，真是討厭。難得今天天氣這麼好，正適合出外散步呢！」

韋伯撇下一臉不快的 Rider 不管，開始著手準備。

-138:15:37

一股深沉的黑暗盤踞在信眾席上。

這片不尋常的黑暗含有極為濃密的妖氣，讓言峰璃正神父感到背後一陣冰涼。

來集合的人數比想像的還多——老神父心中帶著這種諷刺的想法，面對黑暗中諸多注視著自己的視線露出苦笑。

發出召集召主的信號之後已經過了一個小時，沒有一位召主是毫無防備，直接大剌剌出現在冬木教堂。取而代之的是由召主所派出的使魔，正好有五隻。除了表面上已經淘汰出局的綺禮，以及可能連信號的意義都不知道的Caster之主龍之介之外，所有召主都已經到齊了。雖然全員到齊，不過沒有一個人向教會致意，他們只是想來聽聽教會有什麼事情而已。

就連與教會共同演出這齣假戲的遠坂時臣也沒有缺席，派遣使魔參加。那麼剩下四隻使魔應該就是艾因茲柏恩、間桐以及兩位外來召主……這麼一來，就等於證實在冬木凱悅飯店的大爆炸中行蹤不明的艾梅羅伊爵士還活著。

「看來沒有哪一位仁兄想要盡點禮數，彼此打個招呼了。那麼容我開門見山，直接說明要告知各位的事情。」

雖然開頭話說得諷刺，但是老神父的語調卻是平平淡淡，對著無人的信眾座位——至少沒有一位聽眾是「人」——開始說道：

「這場引導各位成就宿願的聖杯戰爭，現在正面臨重大的危機。

本來聖杯只會把它的力量分給追求聖杯的人，讓他們能夠和從靈締結契約。可是現在卻出現了一位背叛者。他和他的從靈忘了聖杯戰爭最重要的意義，開始濫用聖杯借予的力量來滿足自己淺薄低賤的願望。」

神父不禁依照平時傳教的習慣，停下來觀察聽眾的反應。可是隱藏在信眾席陰影當中的魔性當然依舊不發一語地潛伏著。老神父乾咳一聲，繼續說下去：

「關於 Caster 的召主。我們已經知道這個人就是目前在冬木市引起騷動的連續殺人案以及連續綁架事件的犯人。他驅使從靈犯案，而且還對犯案痕跡置之不理。這種重大的違規行為會導致什麼結果——相信不需要我對各位明說。」

雖然使魔們沒有任何反應，但是藉由使魔的視覺以及聽覺竊聽璃正說話的幾位召主應該都很驚訝吧。今天早上時臣聽到消息時也是一樣，做為一位魔術師，那是理所當然的反應。

「他和他的從靈不只是在座諸位每一個人的敵人，更是對召喚聖杯儀式造成威脅的危險因子。

所以在此，我要動用非常時期之下的監督者權限，暫時變更聖杯戰爭的規則。」

璃正口氣嚴肅地宣布過後，捲起僧衣的右手袖子，露出右手腕。

那隻手臂雖然因為年老而有些細瘦，但是筋骨結實，看得出來壯年時期經過相當精實的鍛練……手臂上從手肘到手腕密密麻麻地布滿刺青圖樣——不，那並不是刺青，對聖杯戰爭的召主來說，那是他們最熟悉的東西。

「這是從過去的聖杯戰爭中回收，託付給我這位本屆監督者保管的東西。這是在戰鬥結束前就失去從靈，淘汰出局的召主遺產——也就是他們用剩下的令咒。」

就是這些令咒樹立了璃正身為監督者的權威。過去的召主沒有用完，就這麼遺留下來的令咒都交給他，由他擔任管理者保管。

所謂的令咒就是聖痕，證明令咒持有人背負著聖杯所賦予的戰鬥使命。但是令咒除了代表一種宿命，另外還代表操縱從靈的控制裝置。

雖然令咒附體本身就是一件奇蹟，而顯現在召主身上之後的刻印，的確也是強力無比的力量，但是那終究只是一種消費性的物理加持，可以用咒法的方式移植令咒，或是讓渡與他人。

「我被賦予權限，能夠依照我個人的判斷將這每一道預備令咒讓給任何一個人。對現在駕馭從靈的各位而言，這些令咒應該擁有相當寶貴的價值。」

四周沉默依舊，雖然璃正說話的對象是這些只會把所見所聞的情報傳達給主子的使魔，不過他已經感覺到聽眾們正在專心傾聽。

「所有召主立即停止彼此之間的戰鬥行為，盡全力殲滅Caster。做為特別措施，我將會把追加令咒贈予成功消滅Caster和其召主的人。

如果單獨完成任務的話，就給達成任務者一道我手腕上的令咒。如果與他人共同執行，就給予參加者一人一道。確定Caster消滅的同時，再重新開始原本的聖杯戰爭。」

璃正神父把僧衣的袖子放下之後，首次在嘴角浮現諷刺意味的微笑，補上一句話：

「好了，有疑問者現在可以當場發問——前提是你們必須開口說人話。」

從黑暗中傳出翅膀鼓動的聲響，緊接著是唏唏嗦嗦在地上爬行的聲音、輕巧的腳步聲，靜悄悄地消失遠去。

監督者的說明簡單扼要，沒什麼問題要問。每一位追求聖杯的競爭者都要為了新型態的競賽而努力。既然決定了，就沒必要在教會久留。

等到四周真正恢復無人的寧靜時，獨自留在禮拜堂的璃正神父想像著之後將會發生的事情，低笑幾聲。

如此一來，計畫就萬無一失了——接下來就算放手不管，飢餓的四頭獵犬也會自己去攻擊Caster。

攻擊目標的召主長相與姓名，還有Caster工房的大致位置都已經知道了，如果把這些情報公開的話，一定可以讓事情進展更順利。但是這樣可能反而招致其他人懷疑教會如何調查到這些消息，惹出不必要的麻煩。這些藉由Assassin獲得的情報現階段只能祕而不宣了。

Caster究竟能撐到什麼時候呢。璃正等人也不期待一下子就會發展成六比一的包圍戰，他們不認為所有召主都會依照監督者的意見，把Caster兩人當作目標展開行動。對其他召主來說，獵殺Caster只不過是戰爭中的一段過程而已，真正重要的是如何在Caster消滅後重新展開的大亂鬥中獲勝。

每個人一定都非常渴望得到追加令咒吧。但是同樣地，他們應該也不希望其他召主得到令咒。就算有額外分數進帳，如果以後與自己為敵的人同樣也得到分數的話，就失去了優勢的意義。

因此與其為了更容易得到令咒而和他人合作，他們應該會想盡辦法捷足先登，力求獨占令咒。他們必定會使出妨礙手段，彼此互扯後腿。